楚辭要籍叢刊

楚辭通釋

〔清〕王夫之 撰
楊新勛 點校

上海古籍出版社

本書爲「十三五」國家重點圖書出版規劃項目
本書爲二〇一一—二〇二〇年國家古籍整理出版規劃項目
本書爲二〇一八年國家古籍整理出版資助項目
本書爲浙江師範大學中國語言文學一流學科建設成果
本書爲教育部人文社會科學規劃基金項目成果

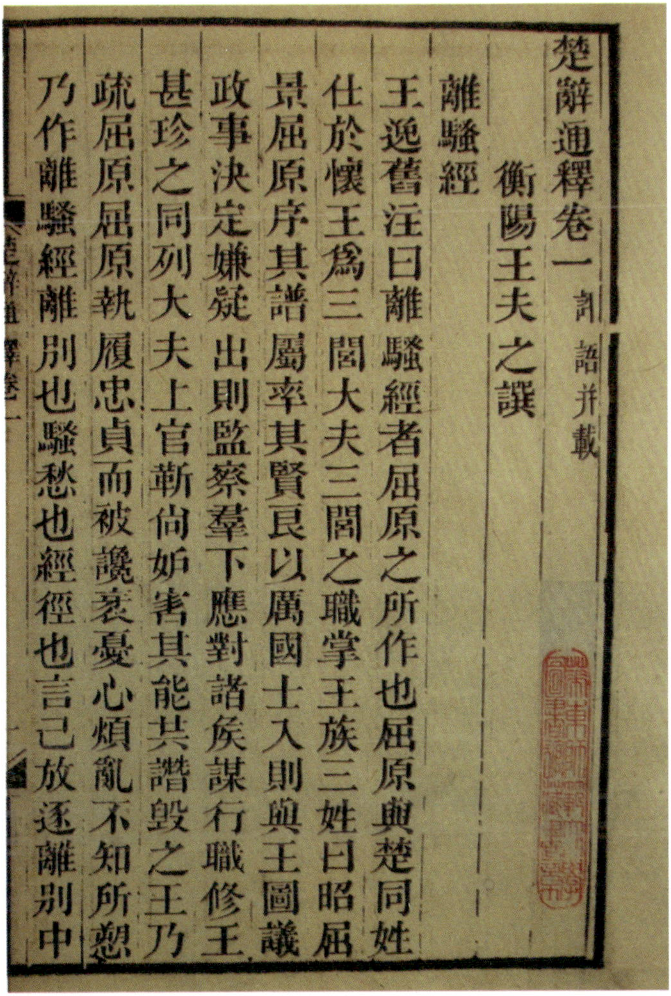
楚辭通釋卷一 訓詁并載

衡陽王夫之譔

離騷經

王逸舊注曰離騷經者屈原之所作也屈原與楚同姓仕於懷王爲三閭大夫三閭之職掌王族三姓曰昭屈景屈原序其譜屬率其賢良以厲國士入則與王圖議政事決定嫌疑出則監察羣下應對諸侯謀行職修王甚珍之同列大夫上官靳尚妒害其能共譖毀之王乃疏屈原屈原執履忠貞而被讒衺憂心煩亂不知所愬乃作離騷經離別也騷愁也經徑也言己放逐離別中

楚辭通釋卷一 一

同治四年金陵節署刻《船山遺書》本《楚辭通釋》書影

楚辭要籍叢刊導言

黄靈庚

楚辭首先是詩，與詩經是中國詩歌史上的兩大派系，好比是長江與大河，同發源於崑崙山，然後分南北兩大水系。大河奔出龍門，一瀉千里，蜿蜒於中原大地，孕育出帶上北國淳厚氣息的國風；而長江闖過三峽，九曲十灣，折衝於江漢平原，開創出富有南國絢麗色彩的楚辭。「楚辭」這個名稱，始於漢代，是漢人對於戰國時期南方文學的總結。「楚辭」既指繼承詩經之後，在南方楚國發展起來的新體詩歌，標誌着中國文學又進入了一個輝煌的時代；又是中國詩歌由民間集體創作進入了詩人個性化創作的時代，而屈原無疑是創作這種新歌體的最傑出的代表，創造出了「驚采絶豔，難與並能」的離騷、九歌、天問、九章、遠遊、卜居、漁父等不朽的名作。

屈原的弟子宋玉、景差及入漢以後的辭賦作家，承傳屈原開創的詩風，相繼創作了九辯、招魂、大招、惜誓、招隱士、七諫、哀時命、九懷、九歎、九思等摹擬騷體之作，被後世稱之爲「騷體詩」。據説是西漢之末的劉向，將此類詩賦彙輯成一個詩歌總集，取名爲「楚辭」。再以後，東漢王逸爲劉向的這個總集做了注解，這就是至今還在流傳的王逸楚辭章句十七卷的本子，是現存的最早的楚辭文獻，也是我們今天學習楚辭最好的讀本。

「楚辭」之所以名「楚」，表明了所輯詩歌的地方特徵。宋黃伯思業已指出：「蓋屈、宋諸騷，皆書楚語，作楚聲，紀楚地，名楚物，故可謂之『楚詞』。若些、只、羌、誶、蹇、紛、侘傺者，楚語也；頓挫悲壯，或韻或否者，楚聲也；沅、湘、江、澧、修門、夏首者，楚地也；蘭、茝、荃、葯、蕙、若、蘋、蘅者，楚物也；他皆率若此，故以『楚』名之」。其雖然説出了「楚辭」所以名「楚」的緣由，而没有進一步指出名「辭」的來歷。辭，也可以寫作「詞」。楚辭詩句之中都有感歎詞「兮」字。這個「兮」字，古人統歸屬於「詞」，古音讀作「呵」，是最富於表達、抒發詩人的情感的感歎詞。這也是楚辭句式的顯著特點。「楚辭」之又所以稱「辭」，是與用了這個「兮」字有關係。

楚辭的句式比較靈活，四言、五言、六言、七言不等，參差變化，不限一格，一改詩經以四言爲主的呆板模式。詩經的篇章結構以短章重疊爲主，短則數十字，長則百餘字，内容相對單一，只截取生活中一個片斷，無法敘述比較複雜、曲折、完整的故事。楚辭突破了這個局限，像離騷這樣的宏篇巨製，洋洋灑灑，三百七十三句，二千四百九十字，至今仍是最偉大的浪漫主義抒情長詩，表現了詩人自幼至老、從參與時政到遭讒被疏，極其曲折的生命歷程；撫今思古，上天入地，抒瀉了在較大時空跨度中的複雜情感。從音樂結構分析，楚辭和詩經一樣，原本都是配上音樂的樂歌。詩經只是一遍又一遍的短章重複演奏，而楚辭有「倡曰」、「少歌曰」、「重曰」，表示樂章的變化，比詩經豐富得多。最後一章，必是衆樂齊鳴，五音繁會，氣勢宏大的「亂曰」。

楚辭的地方特徵，不僅僅是詩歌形式上的變化和突破，更重要的在於精神内容方面的因素。南國楚地三千里，風光秀麗，山川奇崛，楚人既沾濡南國風土的靈氣，又秉習其民族素有「剽輕」的遺風，陶鑄了楚人所特有的品格。楚辭更是「得江山之助」，在聲韻、風情、審美取向、精神氣質等方面，無不深深地烙上了南方特色的印記，染上了濃厚的「巫風」、神怪氣象，動輒駕龍驂鳳，驅役神鬼，遨遊天庭，無所不至。至其抒發情感，激越獷放，一瀉如注，較少淳厚平和的理性思辨，和中原文化所宣導的「不語怪力亂神」、「温柔敦厚」風氣比較，確實有些區别。

屈原是一位富於創造精神的文化巨匠，他置身於大河、長江的崑崙源頭，俯視於南北文化交融的臨界綫。一方面既保持着楚人特有民族性格，自强不息的精神面貌，富有想象的浪漫情調；另一方面又廣泛吸取、融會中原的理性思想，繼承詩經的道德傳統精神。故而在他的作品中，儘管有大江兩岸、南楚沅湘的旖旎風光、濃豔色彩，但幾乎不曾提到楚國的先王先賢，而連篇累牘的都是爲中原文化所公認的歷史人物：堯、舜、禹、湯、啓、后羿、澆、桀、紂、周文王、武王、皋陶、伊尹、傅説、比干、吕望、伯夷、叔齊、甯戚、伍子胥、百里奚等。在屈原的神話傳説中，除九歌中的湘君、湘夫人、山鬼三篇外，像太一、雲中君、東君、司命、河伯、女岐、望舒、雷師、屏翳、伏羲、女媧、虙妃等，都不是楚國固有的神靈，也没有一個是楚人所獨有的神話故事。離騷開頭稱自己是「帝高陽之苗裔」，高陽是黄帝的孫子，其發祥之地，在今河南省的濮陽，不也是中原人的先祖嗎？總之，楚辭是承接詩經之後的一種新詩體，二者同源於大中華文化，是不能割切開來的。更不能説，楚辭是獨立於中華文化以外的另一文化系統。如果片面强調楚辭的地域性、獨立性，也是不妥當的。

楚辭對於後世文學創作的影響是非常巨大的，像司馬遷、揚雄、張衡、曹植、阮籍、郭璞、陶淵明、李白、杜甫、李賀、李商隱、蘇軾、辛棄疾等各個歷史時期的名家巨子，沿波討源，循聲得實，都不同程度地從屈原的辭賦中汲取精華，吸收營養，形成了一個與詩經並峙的浪漫主義傳統的創作風格。在中國文學史上，後世習慣上説「風、騷並重」，指的是現實主義和浪漫主義的兩大傳統精神。由此想見，屈原對於中國文學的偉大貢獻是無與倫比的，屈騷傳統精神更是永恒不朽的。

正因如此，研究中國詩學，構建中國文學史及中國文化史，楚辭無論如何是繞不開的。而讀楚辭、研究楚辭，必須從其文獻起步。據相關書目文獻記載，自東漢王逸楚辭章句以來至晚清民初的兩千餘年間，各種不同的楚辭注本大約有二百十餘種。綜觀現存楚辭文獻，大抵以王逸章句與朱熹集注爲分界：在朱熹集注以前，基本上是承傳王逸章句，而明、清以後，基本上是承傳朱子集注。由我主編且於二〇一四年國家圖書館出版社出版的楚辭文獻叢刊，輯集了二百〇七種，應該蒐録的注本，基本上已彙輯於其中了。遺憾的是，由於這部叢書部帙巨大，發行量也極有限，普通讀者很難看到。且叢書爲據原書的影印本，没作校勘、標點，對於初學楚辭者，尤爲不便。

有鑑於此，我們與上海古籍出版社合作，從中遴選了二十五種，均在楚辭學史上具有影響，爲楚辭研究者必讀之作，分别予以整理出版，滿足當下學術研究的需要，而顔之曰楚辭要籍叢刊。其二十五種書是：漢王逸楚辭章句，宋洪興祖楚辭補注，宋朱熹楚辭集注，宋吴仁傑離騷草木疏，清祝德麟離騷草木疏辨證，宋錢杲之離騷集傳，明汪瑗楚辭集解，明陸時雍楚辭疏，明周拱辰離騷草木史，明陳第屈宋古音義，明黄文焕楚辭聽直，清林雲銘楚辭燈，清王夫之楚辭通釋，清丁晏楚辭天問箋，清蔣驥山帶閣注楚辭，清戴震屈原賦注附初稿本，清胡濬源楚辭新注求確，清陳本禮屈辭精義，清劉夢鵬屈子楚辭章句，清朱駿聲離騷賦補注，清王闓運楚辭釋，清馬其昶屈賦微附初稿本屈賦晢微，日本西村時彦楚辭纂説、屈原賦説，日本龜井昭陽楚辭玦等。參與點校者，皆多年從事中國古典文獻研究、尤其是楚辭文獻研究，是學養兼備的「行家裏手」，其對於所承擔整理的著作，從底本、參校本的選定，出校的原則及其前言的撰寫等，均一絲不苟，功力畢現，令人動容。但是，由於經驗、水平不足，受到各種條件限制（如個别參校本未能使用），且多數爲首次整理，頗有難度，因而存在各種問題，在所難免，其責任當然由我這個主編來承擔。敬請讀者批評指瑕，便於再版改正。

前言

王夫之的楚辭通釋，是明末清初楚辭研究的一部代表作，以不囿前見、大膽創新、特色鮮明著稱，在楚辭學史具有重要地位。

一

王夫之（一六一九——一六九二）字而農，號薑齋，又號夕堂，衡州府衡陽縣人。他與顧炎武、黄宗羲並稱「清初三先生」。

夫之十一世祖仲一隨明太祖定天下，功授千户，其後人多爲宦地方，因其子王成任衡州指揮司同知而籍衡陽。夫之父朝聘（一五六八——一六四七），師鄒守益，克己務實，重真知踐履，學者稱武夷先生。

夫之自幼隨父兄爲學，崇禎十五年（一六四二），以春秋魁列鄉榜之五。次年欲北上參加會試，因李自成克承天、張獻忠陷蘄水未果。崇禎帝自縊後，夫之轉而聯合地方義軍抗清。清兵入湘，他轉赴桂林。順治七年（一六五〇），任南明永曆朝行人司行人，因上書彈劾王化澄結姦誤國受到排擠，轉投桂林瞿式耜。瞿氏殉難後，夫之輾轉郴、永、漣等地，順治十七年隱居湘西石船山，築室敗葉廬、觀生居，後十二年徙湘西草堂，著書講學。

夫之曾書其居：「六經責我開生面，七尺從天乞活埋。」他博學多才，又敏思明辨，敢於創新，矻矻窮年，撰著涉經、史、子、集，約百餘種，四百餘卷，卓然成一大家，開一代學風。譚嗣同曾云：「萬物招甦天地曙，要憑南嶽一聲雷。」概而言之，經歷了南明的腐敗和滅亡，夫之的思想重在扶持道德人心：一是有懲於晚明王學氾濫導致的情慾流衍乃至倫理混亂，闢象山、陽明之繆，斥錢、王、羅、李之妄，以明正學爲己事，以彰人道爲實學，欲盡廢古今虛妙之説而返之實，其潛心學術即爲明證。二是承張載道論和氣化論，糅合道家的天道説，進一步發展爲天人理通，道合內外，理通萬事，要人盡天道，行仁義，與天合德，其抗清復明、立身行道正踐履了這一點。三是對程、朱等人的心性情之論進行矯正，朱熹以心統性情，以未發爲性、已發爲情，以四端爲情，强調動靜和天人的區分，對二者的轉化和道德的滲入缺乏清晰説明；夫之以四端爲性，以已發的合道德的亦爲性，由此重節和氣，既爲道德實踐提供説明，也警惕離性言情。這也影響了夫之對楚辭通釋的撰寫，他多以節和氣論屈原和他人。

二

楚辭通釋完成於康熙二十四年(一六八五)八月,距崇禎帝自縊已四十二年,距南明滅亡也已二十五年,夫之時年六十七歲,後七年辭世,屬晚年之作。楚辭通釋的内在思想和夫之所處的時代息息相關,也寄寓了他晚年的政治心聲。

首先,從選文到注釋,此書都以思想爲準,褒揚忠貞,貶黜奸邪。對於楚辭的選文,王逸承劉向全録屈原作品,屈原以下辭賦家多録擬屈之作,兼收悼屈之作,洪興祖楚辭補注沿之;後朱熹的楚辭集注在全録屈、宋、景作外,認爲漢人之作「意不深切」,類無病呻吟,遂删去七諫、九懷、九嘆、九思,僅存惜誓、哀時命、招隱士,同時增加了賈誼的吊屈原、鵩賦和揚雄的反離騷,思想標準更爲明確。朱熹定本對後世影響很大,明清楚辭注本多有承者。楚辭通釋承朱熹集注全録屈、宋、景之作,漢人之作只收惜誓、招隱士,此外收江淹的山中楚辭和愛遠山,以己作九昭爲殿,思想標準較朱熹更爲明確,也更嚴格。夫之認爲屈原作品一出於「忠愛之性」、「忠貞至性」,繫心君國,前後一致,不以己之遭遇、用舍爲怨尤,不忍見宗邦淪没而自沈,其忠貞千古獨絶,能與日月爭光;宋玉能深曉其師悲愍君國之志,故能嗣三閭之音;而七諫以下之漢作未免涉私情、戾氣，寄恨於一己得失，言卑詞鄙，非但無病呻吟而已；江淹能不忘君之意，其作品高出漢人賦作。夫之選文着眼於作者的思想動機，從忠貞的政治倫理觀念入手，深入到作者内心去明辨忠貞與私怨，追求忠貞的徹底、純粹，以之爲高尚。在注釋中，夫之也時時注意闡發、辨析屈原忠君愛國之熱忱、之純粹。在序例中，夫之明言「蔽屈子以一言曰『忠』」；對於班固、王逸等以患失、尤人解離騷、九章，夫之斥之「何其陋也」。對於屈原沈江，夫之在注釋中反復申明屈原絶非出於一己用舍、得失，亦非一時憤世疾邪、心迷意惑，而是「矢志已夙」，是「因時以決」，「要終自靖」，以死明志，因此能「無所疑懼也」。將忠和死連在一起，將屈原的忠推進到無以復加的純粹而高尚的境地，也因此對朱熹集注認爲屈原之忠是「忠而過」、「過於忠」大爲不滿，多有反詰。與讚揚屈原忠貞相對，是對張儀、秦王欺詐侵凌的聲討，是對靳尚、鄭褏、子蘭等奸佞誤國的大力鞭撻，指出「小人險詖害政」，是亡國禍本，是非分明，大義凜然。這裏尤需指出的是，夫之對劉向、王逸等從勢利、私怨以及恍惚、迷惑等方面推測屈原的言論的駁斥，認爲這正見出漢人意氣的不足，賈誼的惜誓不足以曲盡表達屈原九死不遷之幽忠，存之僅僅是因爲它合於愛惜人才之心而已，進一步説明楚辭一書的内容應以忠貞的純潔性爲標準。

其次，高揚屈原忠貞憂國、貶抑奸佞誤國的同時，夫之還把責任明確指向了楚王，極言其不足有爲。如他在釋離騷時，一則説「今楚何時，而王猶不寤，非天下之至愚者乎」，再則説「今懷王之不足有爲如此，故讒言交張，禍且及身」，「羣臣一旦靡然從邪佞而爲黨，唯君德不修之故」，認爲讒言、禍患皆因懷王不用賢、不修德所致。又如他在釋天問時說「君唯無道而後姦色淫聲得以中之」，認爲「鄭褏之惑懷王而傾楚，亦懷王自貽也」，都將矛頭直接指向了楚王。夫之在此尤其強調君德，他說「君德已非，風俗盡變」，將之提升到了國命所繫的高度。這樣的言論，更多反映了夫之針對晚明朝廷現實的政治意識，也可以説是他借注釋楚辭澆自己胸中塊壘的一種體現。

再次，夫之指出人臣要勇於與奸佞鬥爭，並認爲這是屈原的遺憾。對於離騷「衆皆競進以貪婪兮，憑不厭乎求索。羌内恕己以量人兮，各興心而嫉妬。忽馳騖以追逐兮，非余心之所急」語，夫之釋爲「以上言小人以私心絜度而猜疑，因譖己而一空善類；余非不能與衆正竭力以爭勝，而固非所欲，是以屈而見放」，認爲屈原本可以戰勝貪婪小人，但卻志不在此，「不與小人爭得失」，反而因此被放黜。爲此，夫之在九昭申理中專門立言「恢畫畫以申猷兮，悔曩辭其猶未半」，自注云「然及今思之，未即追原禍本，以攻發讒佞，不能無悔，蓋均之取怨於人，不如直揭其姦慝」，認爲屈原未能與靳尚輩一爭生死，「投鼠忌器而留禍本，以使蔓延」，實爲沉汨之遺憾，所以要代爲白之。

此外，以退隱閒居和養生乃至煉内丹釋楚辭也是通釋的一個特色。這在離騷、九歌、天問、九章、惜誓等篇的注釋中都有不同程度的體現，以養生和煉内丹理論系統闡釋尤其體現在對招魂和遠游兩篇的注釋上。對此，楚辭學界已有論述。需指出的是，這雖與夫之自己後期的生活和精神有關，但在通釋中更多表現的是工具理性，這和楚辭的游天、游仙手法相似，對屈原沉江自靖之舉起鋪墊和反襯作用，宗旨上服務於總的政治倫理思想。

三

楚辭通釋前有序例，是對本書選文動機及各篇性質的總説明，也駁斥了歷來的一些説法，表達了夫之的撰寫宗旨。書内各篇，首先是解題，或考釋作者生平，或説明創作背景，或闡發微言大義，或糾正舊説之誤，簡明扼要，多有新見。對於正文，本書采用「分節立釋」的方法，在每節之後撰解釋文字，一般是先簡潔訓釋字詞及名物，不做繁瑣考證；然後以「以上言」、「此言」、「言」等字領起作通釋，疏通文意，揭櫫思想，闡明道理；最後以圓圈隔開是校正文字，間或説明文字關係（此部分自同治本始移正文下，影響了此後的鉛印本）。還應説明，本書康熙本、道光本行右有圈點和評語，所以康熙本和道光本首葉書題「楚辭通釋」下有小字「評點並載」；同治本行右僅刻評語，删去了圈點，故首葉小字改作「評語並載」。評語十分簡潔，點到爲止，多着眼藝術，也偶爾闡發思想。

夫之博覽群書，識力精深，又能慎思明辨，楚辭通釋在具體的文意、内容、體例等方面的認識上頗多值得稱道處。

對於九歌，王逸曾有「上陳事神之敬，下見己之冤結，託之以風諫」之説，夫之認爲九歌爲頌神曲，雖然不能説必無「託以風諫」之情，但「婉娩纏綿，盡巫與主人之敬慕，舉無叛棄本旨，闌及己冤」，①因此夫之對王逸過度從寄託、比擬等方面附會九歌多有駁斥，而從具體内容和楚俗、宗教等方面去客觀體察，「就文即事，順理詮定」。如對於湘君和湘夫人，歷來衆説紛紜，夫之云：「蓋湘君者，湘水之神，而夫人其配也。」②可謂一掃前人加在二湘上的迷障，撥雲見日。又如對於大司命和少司命，夫之用文中描寫神的語句來反駁司命是文昌第四星之説，進而指出「大司命統司人之生死，而少司命則司人子嗣之有無，以其所司者嬰稚，故曰『少』，『大』則統攝之辭也」，以此釋「大」和「少」，甚有見地。再如，夫之認爲禮魂爲九歌送神之曲，「此章乃前十祀之所通用，而言『終古無絶』，則送神之曲也」③，已被學界所認可。夫之曾云「九歌皆楚俗所祠，不合於祀典，未可以禮證之」④，也是非常值得重視的見解。

對於天問，王逸曾云「不言『問天』，而言『天問』，天高不可問」，將天問的對象理解爲「天」，與作品内容不符。夫之云「舉天之不測不爽者，以問憯不畏明之庸主具臣」，⑤認爲所問皆自古以來悖逆、怪亂之事（夫之認爲此類多合於物理，正歷史興亡之徵兆），以此責問、警醒楚之君臣，「欲使其問古以自問，而躡三王五伯之美武，違桀紂幽厲之覆轍」，可謂獨具隻眼，深切著明。具體解釋中，夫之能對天問中衆多荒怪之事，客觀解釋，合情合理，如對「顧菟在腹」、「河海應龍」的解釋；有時夫之也作理性分析，如對康回怒觸不周山，夫之云「寓言耳」，對燭龍神光，夫之云「以意想像然爾」，對羿射九日云「當亦喻言」，對延年不死云「死於崖谷，人無知者耳」，認爲屈原之問「原本天地，推極物理」，目的是使人辨明不惑。這樣的認識，都是表現出具有進步意義的大膽新見，富有啟發性。

對於九章，夫之承洪興祖作於頃襄時之説，認爲當時屈原已決意自沉，所以其詞「直而激，明而無諱」⑥。哀郢首四句，舊注以爲是屈原被放逐之詞，夫之一反此説，「原遷沅湘，乃西遷，何云東遷？且原以秋冬迫逐南行，涉江明言之，非仲春」，「東遷，頃襄畏秦，棄故都而遷于陳。百姓或遷或否，兄弟昏姻，離散相失」，認爲所言爲頃襄東遷陳之慘狀，甚確，後郭沫若、金開誠等沿此斷定屈原自沉於此年。當然，夫之也沒有僵化理解九章，如他認爲惜誦是追述「未遷已前，屏居漢北之情事」⑦，「無決於自沈之意」，這和抽思所言有些類似。雖然夫之還不明白惜誦之「惜」通「昔」，但他對文意的理解已經十分準確了。他對惜往日也作了類似的理解。

對於卜居，夫之也不認可王逸屈原親往太卜家稽問占卜之説，認爲是「屈原設爲之辭」，假託問卜，「以旌己志」。在接下來的注釋中，夫之云：「太卜，爲國掌卜筮之官，自應不離國中官守。原放在外，何以得見？且卜則不筮，筮則不卜，而兼言端策拂龜，其爲託辭明矣。」此謂秉燭之見。

還要説説夫之的「以節立釋」，這是理解通釋的一個門徑。夫之序例云：「自周易象以韻製言，雅頌風胥待以成響；然韻因於抗墜，而意有其屈伸，交錯成章，相爲連綴，意已盡而韻引之以有餘，韻且變而意延之未艾，此古今藝苑妙合之樞機也。因韻轉而割爲局段，則意之盩戾者多矣。今此分節立釋，一唯其意之起止，而餘韻於下，以引讀者不倦之情。」夫之認識到韻文創作有韻、意兩方面考量，韻、意的基礎和目的不同致使二者時有歧出，他注釋楚辭是以意分節，一節或多至二十句以上，或短至兩三句，一以文意起止而定，不再顧及韻腳是否變化，這就完全根據作品內容的層次性和階段性來進行劃分，避免了對文意的割裂，也避免了餖飣注釋將作品內容碎片化。通釋「以節立釋」是一種根據作品文意的內在完整性和邏輯性來進行解釋的方式，是夫之「就文即事，順理詮定」的具體性、階段性體現，使其能夠深入、準確地把握作品內涵；同時，這也是一種注釋的體裁，注釋以表意爲主，以訓釋字詞和考證名物爲輔，分節的注釋與分節的正文相互對應，相得益彰。

四

雖然訓詁字詞、考釋名物不是楚辭通釋的重點，夫之只是擇要解釋，但是他不囿成見，敢於突破舊説，還是頗有勝處。

一是夫之能從上下文着手，在具體字詞訓釋上有突破。如離騷「余既不難夫離别兮，傷靈修之數化」，王逸言「志數變易，無常操也」，以多次、屢次釋「數」，於文無著，洪興祖、朱熹承之；

但夫之注「數，亟也」，與上文「荃不察余之中情兮，反信讒而齋怒」的「齋，音齎，疾急也」配合，以急速釋「數」，殊有見地。同篇之「瞻前而顧後兮，相觀民之計極」，夫之云「前後，古今也」，也是立足於上下文得出的簡潔傳神之釋；又同篇「飄風屯其將離兮，帥雲霓而來御」，夫之云「屯，聚也。離，麗也，附也」，明顯是看到王逸注相離與屯聚齟齬，與上下文不合，改以「麗」讀「離」，極合文意。又如九章涉江在列舉隱士接輿、桑扈和伍子、比干後言「與前世而皆然兮，吾又何怨乎今之人」，夫之云「與，數也，歷數前世之賢而不用者」，此釋足備一說。又如漁父「何不淈其泥而揚其波」，夫之據「揚其波」釋「淈，撓亂之也」，勝於洪興祖的「濁也」，郭嵩燾在禮記質疑中云「淈謂撓亂之，於義尤順」⑧。尤其值得一提的是針對離騷「余以蘭爲可恃兮，羌無實而容長。委厥美以從俗兮，苟得列乎衆芳。椒專佞以慢慆兮，榝又充夫佩幃」一段文字，夫之云：「蘭、椒，舊説以爲斥子椒、子蘭。按：子蘭，懷王之子，勸王入秦者，素行愚頑，固非原之所可恃；且以椒、蘭爲二子之名，則榝與揭車、江蘺又何指也？此五類芳草，皆以喻昔之與原同事而未入於邪者。當日必有所指，而今不可考爾。」此解不移。可見聯繫上下文，「就文即事，順理詮定」，也是夫之字詞訓釋的方法。回過頭來看，針對離騷「名余曰正則兮，字余曰靈均」，夫之云「靈，善也。平者，正之則也。原者，地之善而均平者也。隱其名而取其義以屬辭，賦體然也」，從文學創作的文體上給出解釋，也是遠勝於王逸之説。

二是夫之能揭示楚辭用字的特點，用古今字⑨、通假字、聯綿詞來解釋文中字詞，不乏卓見。

如離騷「鼂搴阰之木蘭兮，夕攬中洲之宿莽」，夫之云「阰，與『陂』同」；「駟玉虬以椉鷖兮，溘埃風余上征」，夫之云「埃，當作『竢』，傳寫之譌」；「折若木以拂日兮，聊逍遥以相羊」，夫之云「相，與『倘』通。相羊，徙倚也」。九歌湘君「横流涕兮潺湲，隱思君兮陫側」，夫之云「陫側，與『悱惻』同，欲言不得而心不寧也」；「望涔陽兮極浦，横大江兮揚靈」，夫之云「靈，當作『艫』」。湘夫人「荒忽兮遠望，觀流水兮潺湲」，夫之云「荒，與『怳』同」。天問「遂古之初」，夫之云「遂，與『邃』通，遠也」；「九州安錯」，夫之云「錯，與『厝』通，安置也」。九章惜誦「行不羣以巔越兮，又衆兆之所咍」，夫之云「巔，與『顛』同，仆也」。悲回風「軋洋洋之無從兮，馳委移之焉止」，夫之云「委移，與『逶迤』同，曲折自如也」；「氾潏潏其前後兮，伴張弛之信期」，夫之云「伴，與『泮』同，回散而無常之意」。九辯之四「獨守此無澤兮，仰浮雲而永歎」，夫之云「無，『蕪』通」。等等，俯拾即是。如此之多，説明夫之對楚辭用字的這些特點已有學理認識。

三是有些名物考釋見解獨到。夫之次子王敔（一六五六——一七三〇）在薑齋公行述中云：「於四書、易、詩、書、春秋各有稗疏，悉考訂草木、蟲魚、山川、器服，以及制度同異，字句參差，爲前賢所疏略者。」對於楚辭草木、山川、器服等名物，夫之也多加考釋，於衆説紛紜中定一是非，擇善而從，不少見解十分獨到。如九歌首篇東皇太一所祀神自五臣至洪興祖等皆以星爲説，夫之云「舊説中宫太極星，其一明者太一，則鄭康成禮注所謂耀魄寶也。然太一在紫微中宫，而此言『東皇』，恐其説非是」，其反駁信而有徵。又上文談到他對湘君、湘夫人、大司命、少司命的考釋，也不乏卓見。天問「受賜茲醢，西伯上告」，王逸、洪興祖、朱熹皆以接受釋「受」，夫之明言「受，紂名」，甚確，已被清儒、今人所證實。

郭在貽在評述楚辭通釋時曾説：「該書不僅長於探賾文心，燭照微旨，其注語也頗富文采，絶無注疏家飣餖故實、質多文少之病。」[10]本書訓釋簡潔，語言工整，確如郭氏所言。限於篇幅，不再贅述。

毋庸諱言，本書在文字訓釋和名物考證方面也存在一些不足。由於夫之對傳統注釋重視不夠，也由於此時文字學、音韻學還處在發展階段，這使得本書的大膽立説有時過於隨意。對此，郭在貽、洪湛侯等均有指摘，以下僅就離騷舉三例：「老冉冉其將至兮，恐修名之不立」，夫之云「修名，長久之名也」，未免望文生訓，修是美好的意思；「雖體解吾猶未變兮，豈余心之可懲」，夫之云「懲，改也」，不及王逸「懲，艾也」、洪興祖「謂懲創也」準確；「羌内恕己以量人兮，各興心而嫉妒」，夫之云「如心之謂恕」，按：恕，從心，如聲，意謂推己及人，王逸「以心揆心爲恕」是。至於名物攷釋之不足，吴冠君曾撰文列出十條[11]，此不贅。

五

本次整理所見本有：康熙四十八年（一七〇九）刻本（簡稱康熙本），湘西草堂王船山先生書集本（簡稱草堂本），道光二十八年（一八四八）船山遺書子集補刻本（簡稱道光本），同治四年（一八六五）金陵節署刻船山遺書本（簡稱同治本），民國二十二年（一九三三）太平洋書店鉛印船山遺書本（簡稱太平洋本），一九五九年中華書局上海編輯所鉛印本（簡稱中華上編本），一九七五年上海人民出版社鉛印本（簡稱上海本），二〇一一年嶽麓書社出版之船山全書本（簡稱嶽麓本），共八種。

對於楚辭通釋初刻，據丁光祺刊楚辭南華附識、王揚緒王揚績跋及正文首葉，知剞劂始於康熙四十七年九月，丁光祺、丁光禴、王揚緒、王揚績出資，王敔校補，歷十月，至次年七月畢。

首先，需要説明一下康熙本。康熙本是初刻本，傳世有兩部：一存湖南省圖書館，原爲南嶽圖書館藏書，入湖南省圖書館後爲學人所識，聲名鵲起，嶽麓本即以此爲底本；一存湖南省社會科學院，鮮有人問津。兩書均竹紙，兩册，不分卷，版式全同，均爲白口，單黑魚尾，魚尾上刻書目，下刻篇名，版心下刻葉碼，以篇計葉（據此也可分爲十四卷或十五卷），四周單邊，半葉八行，行二十字，雙行小字同，兩書目録、行款、正文内容、大小字體完全相同；又此書正文行右有評語和圈點，此爲「評點」，正文和釋文行右均有句讀，兩書評點、句讀亦完全一致，確屬同一版本。但還是略有差異：一是湖南省社科院藏本字跡更爲清晰完好，似乎刷印更早；二是湖南省社科院藏本没有缺損，扉頁無題簽，上册正文前依次刻張仕可序、潘宗洛船山先生傳、史記屈原列傳、序例、目録，目録後有「私淑門人王後較編」字樣，下册正文前刻丁光祺刊楚辭南華附識，正文後刻儲大文書王薑齋九招後、王揚緒王揚續跋；湖南省圖書館藏本略有缺損，首列王揚緒王揚續跋[12]（前半葉脱去大半[13]，僅右下角殘存三行十八字，左半葉亦有殘損），次序例、張序、丁附識、史記屈原列傳及目録（亦有「私淑門人王後較編」字樣），書後爲儲大文書王薑齋九招後，無潘宗洛船山先生傳。兩書均有一些校記，今已無考，但從印刷、完整和編次看，湖南省社科院藏本更優。

其次，需要説明一下康熙本和草堂本的關係。對此，學界有兩種説法，一是認爲草堂本是後於康熙本的遞修本，二是楊堅在嶽麓本編校後記中云，草堂本與康熙本相比，無序跋和序例，正文無九昭一篇，書後附史記屈原列傳，但版式、字體同一，序跋及序例之删蓋因時忌所致，不必區分。今按：確如楊堅所云，草堂本與康熙本版式、字體同一，今細核二書正文行款、内容、評點、句讀、字跡等完全一致，確係同一版本；但是，仍有區分的必要：一是草堂本合刻在王船山先生書集五種中，叢書有一扉頁，中央大字刻「王船山先生書集」，兩邊依次刻「老子衍」、「楚辭通釋」、「莊子解」、「張子正蒙注釋」、「俟解」五種書名，左下刻「湘西艸堂藏板」，且用紙遠好於康熙本，三册，至今仍泛白柔韌。二是草堂本無序跋、序例及九昭，目録亦無九昭及「私淑門人王後較編」字樣，書後爲史記屈原列傳，如楊堅所云確係有意爲之，這本身已説明了其存在的特點。三是草堂本文字明顯不及康熙本清晰，其刷印當在湖南省圖書館藏本之後。四是草堂本招魂脱落「青驪結駟兮，齊千乘」句下一葉[14]，後道光本、同治本以及太平洋本、中華上編本、上海本皆承此，如果不區分康熙本和草堂本，則無法説清此事。五是王敔晚年所撰湘西草堂記云：「敔年六十，從游者數十人，醵金爲余壽。余受其金，授子壻曾生重建草堂，易瓦爲葺，支椽以櫨，鍊磚以砌。敔年老病羸，以餘年讀遺書於其中，而從遊之有志及姻友之有力者，續捐貲刊先子遺書數種，藏板於右閣。」康熙五十四年敔年六十，有學人據此定草堂本爲康熙本後之遞修本，非實。今繹敔文，湘西草堂重建在康熙五十四年，之前「右閣」僅用於藏書，且火災蟻害不一，至此重建煥然一新，右閣遂用於儲板，則康熙四十八年刻本無由徑稱「草堂本」⑮；又文中「姻」指丁光祺，「友」指丁光禴、王揚績、熊成章等，「續捐貲刊先子遺書數種」云云指敔將收集到的此前上述數人捐貲刊刻之所有船山遺著板片數種，庋藏於右閣。此文並非針對王船山先生書集五種⑯，更不專指楚辭通釋，不能確定楚辭通釋的刊刻時間，亦無遞修之説。但是，據王船山先生書集扉頁可知，此五種書出湘西草堂藏板，康熙本楚辭通釋之板至此已入藏湘西草堂，草堂本據此刷印，時在康熙五十四年之後⑰。草堂本距康熙本已過多年，隨着康熙末年至雍正年間文網漸密，其删去序跋、序例及九昭確與政治氣候變化有關⑱，所以目録也因之做了調整，而文字略顯模糊係因年月及刷印所致，蓋亦因此致招魂末葉板片闕失。可見，草堂本與康熙本不可混同，尤其在説明楚辭通釋版本傳承中意義巨大，只是相較康熙本已没有了校勘價值。

再次，需要澄清一下道光本。雍正、乾隆年間，夫之著作漸行遭禁⑲，終致毁版，其間修四庫全書，僅收其四部經注，都十五卷，不足二十分之一，且多有删削，楚辭通釋被摒棄不收，也罕聞有刻本。嘉慶後，馬倚元匯江書屋曾刻楚辭通釋，今無見。道光二十八年，分巡衡永郴桂道俞焜補刻船山遺書子集五種於衡陽學署，董其事者爲衡陽縣教諭郭孔嵐，所以此書也稱學署本、郭孔嵐刊本。子集書後有郭孔嵐跋，云：「衡陽王船山先生，苦節邃學，著述宏富，所撰經疏史論，先後梓行，海内爭先睹爲快。惟子、集諸部，不甚流播。其庋於臨蒸黌舍者，有老子衍、莊子解、楚辭通釋、張子正蒙注、俟解若干卷，歲久漫漶，多脱簡，讀者苦之。錢唐俞耘史（按：俞焜字）先生由北河觀察移節衡南，勤宣庶政，尤獎士林，崇實學，謂先哲緒言不可泯，爰購善本屬補刊，并詳校焉。四閱月，剞劂乃竣。」臨蒸黌舍即衡陽學署，所藏正王船山先生書集五種書板片。作爲一個整體，能夠跨越雍正、乾隆、嘉慶三朝歷百餘年得以保存，實乃幸事，也是書集匯編的成功。因五種書分屬子部、集部，與當時流傳的夫之經部、史部之作異，故易名「船山遺書子集」。此次補刻以書集板片爲基礎，稍作修補，並非重刻，故而僅四月告竣。第七、八册爲楚辭通釋，扉頁有「王船山先生遺書」、「楚辭通釋」、「道光二十八年補鐫」字樣。此書首列張仕可序、序例、史記屈原列傳，後爲目録（有九昭，但無「私淑門人王後較編」字樣），無書後、跋，版式、行款、正文、評點、句讀和大小字體同於康熙本和草堂本，只是較草堂本多九昭一篇。今細校此本與草堂本：一是此本字跡明顯較草堂本模糊，多有漫漶及殘泐處，說明板片歷百年頗有損壞；二是草堂本或康熙本全書字體工整一致，而此書張仕可序、序例、史記屈原列傳、九辯末葉（僅半行）及九昭一篇與全書字體差異甚大，較爲笨拙，應爲補刻，補刻内容約占全書十分之一；三是葉幼明、楊堅曾指出道光本、草堂本均脱招魂末葉，可能刷印草堂本時，板片已脱此葉，道光本刷印者亦未察覺；四是葉幼明、楊堅曾指出此本補刻文字有異於康熙本處，有據史記訂正者，也有遺漏、臆改者，今校發現補刻文字與草堂本句讀亦有不同處。可見，道光本是康熙本的遞修本，其遞修是在草堂本基礎上的補刻，從康熙本到道光本反映的是其間政治氣候的變化。

接下來説説本書底本同治本。同治二年（一八七三），曾國藩於安慶設局擬刊船山遺書，經費源自國藩、國荃兄弟捐助和募集，後移金陵節署，歐陽兆熊董其役，張文虎、劉毓崧分任校讎，同治四年十月刻竣，共刻書五十八種，三百二十二卷。此本楚辭通釋也稱金陵本、船山遺書本。據葉幼明、楊堅考證，同治本源出道光本，所以書序、目録、内容一同道光本。需要説明的是：一是自同治本始將通釋明確分爲十四卷，九昭爲卷末，以此分卷十分合宜，又清晰明了，此後太平洋本、中華上編本、上海本、嶽麓本皆依此分卷；二是此本基本照録了底本的評語，同時删去了底本的圈點和句讀，因此在首葉大題「楚辭通釋」下注「評語並載」，應該説原書圈點過多過泛，且不像評語那麽表意明確，删去也無大礙；三是此本將原釋文「○」下的校語，均移於正文之下，雖然還没有準確地放置在所校文字之下，但已較原來便於讀者省覽了；四是正如葉幼明、楊堅所云此本對底本作了詳細校勘，訂正原本訛、脱、衍、倒等多達一百一十七處，用功深著，尤其值得一提的是此本已發現底本招魂脱末葉，將其中所闕的正文九十一字補出，這也影響了太平洋本、中華上編本、上海本；五是此本也有一些不足，如底本有些訛誤此本没有校出，此本有校改不當致誤者，也有刊落評語和校語者，又有新增的文字訛誤等。然瑕不掩瑜，同治本確爲後出轉精的善本。

太平洋本、中華上編本均出同治本，繼承了同治本的優點和缺點，對個别地方也作了一些校正，但也新增了一些不應該的排印錯誤，對此葉幼明、楊堅均有指出。出於排印考慮，中華上編本删去了同治本的評語。中華上編本還是第一個新式句讀本，相較康熙本不甚精當的舊式句讀，中華上編本爲讀者提供了很大方便，但是其中錯誤甚多，葉幼明曾統計有一百處之多。上海本基本是中華上編本的再次印刷，楊堅指出上海本對中華上編本的文字和句讀也有所訂正。

嶽麓本是迄今見到的最佳本。據此書編校後記，此本以「草堂本」（實康熙本）爲底本，參校衆本及前人校記，由葉幼明點校，胡漸逵覆審。此本優點甚多：一是校勘精審，凡校記一百二十二條，對訛、脱、衍、倒等情況多有訂正和説明，用功深著；二是内容較爲完備，補排了自中華上編本以來删去的評語，增補了自草堂本而來的招魂末葉脱文，附録了張仕可序、丁光祺附識、王揚緒王揚績跋及中華上編本前言（節録）、上海本出版説明；三是首次采用新式標點，訂正中華上編本標點錯誤近百處，其功甚偉。毋庸諱言，此本也有不足：一是對康熙本與草堂本的關係認識不夠明確，將二者混同，此本實際以湖南省圖書館所藏康熙本爲底本，校記及後記均標「草堂本」，未免不夠準確；二是自亂體例，此本編校後記言以「草堂本」爲底本，但卻以同治本分十四卷，校記則每每言「草堂本」，又後記言學署本（即道光本）爲草堂本之再刷，但於同治本補刻之外的大多校記中也是屢言「學署本」，均讓人難曉； 三是楚辭正文、夫之釋文和評語均有漏校漏刻者，此外有些校記有未確者，有些標點也有可商榷者； 四是由於以湖南省圖書館所藏康熙本爲底本，所附王揚緒王揚績跋頗多缺文，又限於船山全書體例删去九昭。

考慮到同治本在分卷、體例、校勘等方面的優點，本次整理以同治本爲底本，參校湖南省社科院藏康熙本、道光本之補刻部分、太平洋本、中華上編本、上海本、嶽麓本以及前人和今人的校記及研究成果，還需説明的是：

（一）康熙本爲此書最早刻本，後來本子均從此出，校勘價值不言而喻。 本書全面校録其異文，既爲明是非，也爲明異同，明原委； 但是康熙本多喜用古字，如「草」作「艸」、「貌」作「皃」、「爾」作「尒」、「於」作「于」、「乘」作「椉」、「照」作「炤」等，又多有異體字、俗字或壞字的情況，如「深」作「湥」、「段」作「叚」、「鳥」作「[illegible]」、「商」作「啇」等，若全出校記或改回，則不勝其煩。 故而僅在校記中酌情出現，並酌情保留古字、異體字、俗字等； 刊刻中明顯錯字，徑改，不出校記。

（二）底本避諱字，如「邱」、「元」、「甯」及缺末筆的「玄」等字，今據康熙本徑改爲「丘」、「玄」、「寧」等； 又底本「歷」作「歴」，今亦改回。

（三）底本將康熙本的夫之校語移至正文之下，甚便閲讀，後太平洋本、中華上編本、上海本、嶽麓本承此； 但是，讀者仍然不清楚夫之校語的原文位置。 因此，今用「①」、「②」、「③」等，將夫之校語在原文的位置分别標記出來，然後在夫之釋文後用「①」、「②」、「③」等領起分列每條校語。

（四）底本原正文行右有六十九條評語，今用「①」、「②」、「③」等，將評語位置分别標記在原句之後，在夫之釋文後用「①原行右有評語：」、「②原行右有評語：」、「③原行右有評語：」等列出評語。對底本遺漏的評語，今依康熙本校補，在校勘记中说明。書題下不再標記「評語並載」。

（五）校勘記置於卷尾。對夫之釋文和校語，盡可能核對出處，習見的洪興祖楚辭補注、朱熹楚辭集注簡稱「補注」、「集注」，他書則稱全名。凡底本不誤，他本有誤者，原則上不出校記；異文出校，特殊情况略作説明。

（六）書末附録有二：一是楚辭通釋序跋著録，二是楚辭通釋版本著録，以便讀者覆覈。

整理過程中，湖南省社會科學院圖書館、湖南省圖書館爲版本校勘提供了方便，深表感謝！

由於學識不逮，校勘和標點等疏漏之處在所難免，敬祈讀者不吝賜教。

楊新勛於南京寓所

二〇一六年八月三十日

① 王夫之楚辭通釋卷二九歌解題。

② 楚辭通釋卷二湘君解題。

③楚辭通釋卷二禮魂解題。

④楚辭通釋卷二東皇太一解題。

⑤楚辭通釋卷三天問解題。

⑥楚辭通釋卷四九章解題。

⑦楚辭通釋卷四惜頌解題。

⑧郭嵩燾禮記質疑卷九，清光緒刻本。

⑨王夫之撰有説文廣義，楚辭通釋中「尻，古『居』字」、「蛾，洪興祖謂古『蟻』字」、「晠，古『盛』字」、「景，古『影』字」、「仾，古『低』字」、「㚔，古『幸』字」、「皃，古『貌』字」等屢見不鮮，説明他對古今字有明確意識。

⑩郭在貽楚辭要籍評述楚辭通釋（郭在貽文集第三册第五五〇頁，中華書局二〇〇二年版）。

⑪吳冠君楚辭通釋考正與補注（湖南師院學報一九八三年第二期）。

⑫由於此跋置於此本書首，以致葉幼明在王夫之楚辭通釋的版本和標點芻議（船山學報一九八五年第二期）一文中稱之爲「識語」，稱儲大文之作爲「跋」；然據版心魚尾下所刻「跋」字（與湖南省社科院藏本同）應定爲跋，儲作爲書後。

⑬此本今已經修復，此葉全無；又修復中，將招隱士首葉右半解題部分（「今按此」以下「固非達」以上部分）置於上篇惜誓末葉右半。

⑭葉幼明早已指出草堂本、學署本均脱落招魂末葉，爲明見；楊堅未見草堂本此處，遂疑脱葉始自

學署本，即道光本，非是。

⑮ 自楚辭通釋所有序跋來看，並未言及「湘西草堂」，似與湘西草堂無涉。葉幼明在王夫之楚辭通釋的版本和標點芻議中徑稱康熙本爲「王敔湘西草堂初刻本」，非是。

⑯ 此五種書，除楚辭通釋外，書集本均爲今存最早刻本，各書原序多存於嘉慶衡陽縣志藝文序，據此及各書卷端題字等知俟解刊刻最早，爲康熙二十九年（一六九〇），張子正蒙注刊刻於康熙四十六年，莊子解、老子衍同時刊刻，略晚於楚辭通釋。

⑰ 王船山先生書集只是將五種書板片匯編一起，全删原書序跋，没有改動原本各不一致的版式，亦無總的序跋，且其合編和刷印也不見於王敔及時人之存世文字，此與敔喜擇夫之書贈人，刊刻多請人爲序跋不同，屬有意爲之，蓋爲時較後，中國古籍總目定之康熙四十八年湘西草堂刻本不實。嶽麓本船山全書册十六録繆沅（一六七二—一七三〇）王船山先生集序，繫於「王船山先生書集」題下；然繆序不見於書集，係自嘉慶衡陽縣志藝文序轉録，序中僅言及張子正蒙注，又言「集凡百幾十卷」，與書集不合（五種書均不分卷，即使按後世分卷本計約六十卷），則不宜遽定爲序書集，亦不能據之定書集成於康熙五十七年。

⑱ 夫之語多與清廷違礙，隨着文字獄興起，終致乾隆四十六年（一七八一），湖南巡撫劉墉奏繳毁夫之船山自訂稿、五十自訂稿、六十自訂稿、七十自訂稿、夕堂戲墨、船山鼓棹、五言近體、七言近體、夕堂緒論等書板片，皆康熙间湘西草堂藏板。

⑲ 江昱瀟湘聽雨録（乾隆二十八年刻本）卷三列王敔共刊船山遺書十八種，已多散佚。

總目

楚辭通釋目録

序例

經解曰：「屬辭比事。」未有不相屬而成辭者。以子屬天則爲元后，以下屬天則爲六寓，引而伸之，觸類而長之，或積崇隆爲泰華，或衍浩瀚爲江海，巵出而不窮，必不背其屬，無非是也。王叔師之釋楚辭也異是，俄而可以爲此矣，俄而可以爲彼矣，其來無端，其去無止。然則斯製也，其爲孛星之欻見，行潦之忽涸乎！昧於斯旨，疑誤千載。今此所釋，不揆固陋，希達屈子之情，於意言相屬之際，疏川澮以入經流，步岡陵而陟絶巘，尚不迷於所往乎！

唯意不然，不度其指，作者既杳，亦孰與正之？舍本事以求情，謂山爲窪沼，謂海爲岡阜，洞崖似沼，波濤似阜，亦何不可？昔人有云：「後世誰定吾文者？」憚人之髣髴而迷謬之也。九歌以娛鬼神，特其悽悱內儲，含悲音於不覺耳。横摘數語，爲刺懷王，鬼神亦厭其瀆矣。至於天問，一皆諷刺之旨，覆使忠告不昭，而別爲荒怪，何也？凡此類，交爲正之。

或爲懷王時作，或爲頃襄時作，時異事異，漢北、沅湘之地異。舊時釋者或不審，或已具知而又相刺謬，其瞀亂有如此者。彭咸之志，發念於懷王，至頃襄而決。遠游之情，唯懷王時然；

既遷江南，無復此心矣。必於此以知屈子之本末。蔽屈子以一言，曰「忠」。而七諫以下，悻悻然如息夫躬之悁戾、孟郊之齷齪，忮人之憎矣。允哉，朱子删之！而或以此誣騷經、九章彌天亘地之忱，爲患失尤人之恨，何其陋也！既爲滌雪，復綴九昭於卷末，匪曰能賢，時地相疑，孤心尚相髣髴。

楚，澤國也，其南沅湘之交，抑山國也。疊波曠宇，以蕩遥情，而迫之以岦嶔戍削之幽苑，故推宕無涯，而天采矗發，江山光怪之氣，莫能揜抑。出入生死，上震天樞[一]，□□□秦，□江□□，[二]皆此爲之也。夫豈東方朔、王褒之所得與乎？

遠游，極玄言之旨，非諸皋、洞冥之怪説也。後世不得志於時者，如鄭所南、雪菴，類逃於浮屠。未有浮屠之先，逃於長生久視之説，其爲寄焉一也。黄老修煉之術，當周末而盛，其後魏伯陽、葛長庚、張平叔皆仿彼立言，非有創也，故取後世言玄者鉛汞、龍虎、煉己、鑄劍、三花、五炁之説以詮之，而不嫌於非古。

自周易象以韻製言，雅頌風胥待以成響；然韻因於抗墜，而意有其屈伸，交錯成章，相爲連綴，意已盡而韻引之以有餘，韻且變而意延之未艾，此古今藝苑妙合之樞機也。因韻轉而割爲局段，則意之盭戾者多矣。今此分節立釋，一唯其意之起止，而餘韻於下，以引讀者不倦之情。若吟諷欲其成音，則自隨韻爲于喁，不待敦也。韻、意不容雙轉，爲詞賦詩歌萬不可逆之理。推而大之，四時、五行、七政、六律，無不交相離合。四方、八片、陰陽、老少，截然對待之説，術士之易，而非天地之固然。元氣元聲，存乎交禪不息而已。歲在乙丑秋社日，南嶽王夫之釋。

【校勘記】

［一］樞，原作白框，據康熙本補，道光本作墨丁。

［二］「□□□秦□江□□」，原「秦」、「江」外作六白框，康熙本、道光本作墨丁。

卷一

離騷經

王逸舊注曰：「離騷經者，屈原之所作也。屈原與楚同姓，仕於懷王，爲三閭大夫。三閭之職，掌王族三姓，曰昭、屈、景。屈原序其譜屬，率其賢良，以厲國士。①入則與王圖議政事，決定嫌疑；出則監察羣下，應對諸矦。謀行職修，王甚珍之。同列大夫上官、靳尚妒害其能，②共譖毁之，王乃疏屈原。屈原執履忠貞，而被讒衺，憂心煩亂，不知所愬，乃作離騷經。離，别也。騷，愁也。經，徑也。言己放逐離别，中心愁思，猶依道徑，以風諫君也。故上述唐、虞、三后之制，下序桀、紂、羿、澆之敗，③冀君覺悟，反於正道，而還己也。是時，秦昭王使張儀譎詐懷王，④令絶齊交，又使誘楚，請與俱會武關，遂脅與俱歸，拘留不遣，卒客死於秦。其子襄王復用讒言，⑤遷屈原於江南。⑥屈原放在草野，復作九章，援天引聖，以自證明，終不見省，不忍以清白久居濁世，遂赴汨淵〔一〕而死。」⑦

今按：舊注所述，是篇之作，在懷王之世。原雖被讒見疏，而猶未竄斥。原引身自退於漢北，避羣小之慍，以觀時待變，而冀君之悟，故首述其自效之誠，與懷王相信之素、讒人交搆之繇；而繼設三端以自處，游志曠逸，舒其愁緒；然且臨睨舊鄉，蜷局顧眄，有深意焉。至於終莫我知後，有從彭咸之志，矢心雖夙，而固有待，未遽若九章之決也。夫以懷王之不聰不信，内爲豔妻佞幸之所蠱，外爲横人之所刼，沈溺瞀亂，終拒藥石，猶且低回而不遽舍，斯以爲千古獨絶之忠。而往復圖維於去留之際，非不審於全身之善術，則朱子謂其「過於忠」，又豈過乎？若夫盪情約志，瀏灕曲折，光燄瑰瑋，賦心靈警，不在一宫一羽之間，爲詞賦之祖，萬年不祧，漢人求肖而愈乖，是所謂奔逸絶塵，瞠乎皆後者矣。

①國士，國事也。
②上官、靳尚，疑本一人，靳尚之稱上官〔二〕，猶原之稱三閭；若别爲一人，不應有姓而無名。
③澆，與「奡」同，女教切。

④秦昭王，舊注據史以爲惠王。

⑤襄王，頃襄王也。

⑥遷者，流而禁之。原初去位，隱居漢北，至此遷於沅湘。

⑦汨，音覓。汨水出江西萬載縣[三]界，徑瀏陽縣，至長沙城北，入於湘，其下有屈潭，原所沈也。

帝高陽之苗裔兮，朕皇考曰伯庸。攝提貞於孟陬兮，惟庚寅吾以降。皇覽揆余於初度兮，肇錫余以嘉名。名余曰正則兮，字余曰靈均。

高陽，顓頊有天下之號。顓頊生老童，爲楚始祖，其後武王熊通之子瑕食邑於屈，因以爲氏，世爲楚宗臣。父曰皇考。皇，大也。伯庸，其字。古者，諱名不諱字。太[四]歲在寅曰攝提格。貞，當也。孟春之月曰陬月。庚寅，原生日。皇，「皇考」省文。覽其初生之日，合於吉度，因錫以美名。靈，善也。平者，正之則也。原者，地之善而均平者也。隱其名而取其義以屬辭，賦體然也。以上序所自出及生旦、名字，以自表著。言己與楚同姓，情不可離；得天之令辰，命不可褻；受父之鑒錫，名不可辱也。

紛吾既有此内美兮，又重之以修能。扈江蘺與辟芷兮，紉秋蘭以爲佩。汩余若將不及兮，恐年歲之不吾與。①鼂搴阰之木蘭兮，夕攬中洲之宿莽。②

紛，不一之謂。内美，得天之美命，爲親所嘉予。重，直龍切，加也。修能，志正道，學正學，而成材也。扈，被也。江蘺，大葉芎藭，葉似芹者。辟，辟績爲裳。芷，白芷，一名茝，一名葯，一名蘺。紉，紐合也。蘭，緑葉紫莖，類蔞[五]蕑，六月開花，至秋結穗，以子種之，葉甚香。兼衆芳爲裳、佩，言集古今之美以服躬也。汩，聿也，語助辭，音越筆反。若將不及，志業既正，欲及時利見也。阰，與「陂」同。搴，取也。木蘭，香木，辛夷之白者。宿莽，卷葹，拔心不死。言上陳善道以輔君，下修訓典以治民，晨夕不遑以靖國，有功績[六]也。以上述己素修之志業，及任三閭、官左徒，急於效能修職之勤勞無怠如此。

① 原行右有評語：「事中夾意。」

② 中洲，一本無「中」字。

日月忽其不淹兮，①春與秋其代序。②惟草木之零落兮，恐美人之遲暮。不撫壯而棄穢兮，何不改乎此度也？③

春秋代序，喻國之盛則有衰。草木零落，喻楚承積彊之後，至於懷王，秦難益棘，疆宇日蹙，有隕墜之憂。君之起衰振敝，當如救焚拯溺，不容濡遲，盍不用自彊之術，棄邪佞之説，以改紀其政而免於傾喪？以上言己所必諫之故，以國勢之將危也。

① 忽，一本作「曶」。
② 原行右有評語：「亦似承上文暗轉。」
③ 此度也，一本無「也」字。

乘騏驥以馳騁兮，來吾道夫先路。昔三后之純粹兮，固衆芳之所在。雜申椒與菌桂兮，豈惟紉夫蕙茝。彼堯舜之耿介兮，既遵道而得路。何桀紂之猖披兮？①夫唯捷徑以窘步。惟夫黨人之偷樂兮，②路幽昧以險隘。豈余身之憚殃兮？恐皇輿之敗績。忽奔走以先後兮，及前王之踵武。

來，相召告戒之辭。道，去聲，引導之也。先路，前路也。言美人能以遲暮爲憂而改度，如駕良馬騁康莊，則吾導之以長驅矣。三后，舊說以爲三王，或鬻熊、熊繹、莊王也。絲無纇曰純，米精曰粹。申椒，未詳，或申地所産之椒。菌桂，如竹，花白，蘂黃，今方家謂之筒桂。蕙，今謂之零陵香。黨人，張儀、靳尚，内結鄭褎，比周惑懷王者。皇輿，君所〔七〕乘車。敗績，車覆也。已所用以道君於前路者，集先王之美，遵堯、舜之正，鑒桀、紂之非，雖黨人險昧必將忮害，而不敢畏禍，惟一意憂君之傾覆，故秉忠以諫，道君以坦行於夷庚，踐前王之迹，則殃且及而不辭。此上自述其違衆憂國以强諫之情，宜爲君之所鑒諒，以信已不疑，而前王可繼也。

①披，一作「被」。

②惟夫，一本無「夫」。原行右有評語：「宕一句。」康熙本作「宕二句」。

荃不察余之中情兮，反信讒而齋〔八〕怒。余固知謇謇之爲患兮，忍而不能舍也。指九天以爲正兮，夫唯靈修之故也。[①]曰黃昏以爲期兮，羌中道而改路。初既與余成言兮，後悔遁而有他。余既不難夫離別兮，傷靈修之數化。

荃，與「蓀」通，似石上菖蒲，而葉無劍脊，亦香草也，以喻君。齋，音齎，疾急也。詩所謂「不舒究也」。凡讒言之入，姑緩而察之，則其情見；愚者如濺滴水於沸油，速發而不可抑止，讒之所以行也。舍，如字。九天，七曜、經星及上宗動天。正，徵也，猶射者之正鵠爲徵準也。靈，善也。修，長也。稱君爲靈修者，祝其所爲善而國祚長也。黄昏，日將落而黄，乃向昏黑。古者婚禮成乎夜，喻君臣道合，若婚姻之好合。羌，楚人發語辭。離别，君不用則退而待放。數，亟也。化，變也，變前約也。君雖齋怒，猶必固爭，指天自明，不避禍謫，非己强於求伸，亦爲君之故耳。乃君亟信讒邪，取與己所定之成謀而棄之。疑其人並廢其道，非己之辱，而實國之災矣。原所與懷王成言者不傳。史稱屈平爲楚合齊以擯秦，懷王惑於張儀，合秦以絶齊，或謂此歟！此上序懷王始信己説，繼而内惑鄭褎，外聽上官靳尚、張儀之邪説，己力爭而不勝，爲被放之繇。

①原行右有評語：「又急下二語。」

余既滋蘭之九畹兮，又樹蕙之百畮。①畦留夷與揭車兮，雜杜衡與芳芷。冀枝葉之峻茂兮，願竢時乎吾將刈。②雖萎絶其亦何傷兮？哀衆芳之蕪穢。

三十畝曰畹。畝埒長曰畦。揭車，一名芞〔九〕輿，似零陵香，高數尺，黄花，白葉。杜蘅，似細辛，葉如馬蹄。峻，莖高。茂，葉盛也。刈，采而用之也。穢，蕪壞也。以上言己欲匡君立政，博求賢才，置之君側，冀其大用，竢時之可爲，以張大楚國。己既不得於君，讒人指爲朋黨，驅逐皆盡，使衆芳萎廢。在己之萎絶何傷，而羣賢坐絀，此周公鴟鴞取子之悲所不能已。李、杜戮而黨錮興，趙、朱斥而道學禁，蓋古今之通恨也。

① 晦，古「畝」字。

② 竢，同「俟」。

衆皆競進以貪婪兮，憑不厭乎求索。羌内恕己以量人兮，各興心而嫉妒。忽馳騖以追逐兮，非余心之所急。

貪食不已曰婪。憑，恃也，恃君寵以恣行也。索，所白切。求索，苛索君子之疵瑕而攻擊之也。如心之謂恕。君子之恕，如其心之忠也；小人之恕，如其心之邪也。小人以己之貪，度人之貪，因生嫉妬。急，亟也。以上言小人以私心絜度而猜疑，因譖己而一空善類；余非不能與衆正竭力以爭勝，而固非所欲，是以屈而見放。

老冉冉其將至兮，恐修名之不立。鼂飲木蘭之墜露兮，夕餐秋菊之落英。苟余情其信姱以練要兮，長顑頷亦何傷。

冉冉，漸也。修名，長久之名也。菊英不落，然萎槁既久，終亦凋墜。姱，美也。練，習事熟也。要，得事之理也。顑，音坎[十]；頷，一作顉，音菡[十一]；飢而面黄，貧賤之容也。承上言所不屑與小人馳騖爭勝者，己之秉忠貞而樹賢於國，唯以國勢寖衰，將有危亡之憂，而君有喪邦之恥，隳其令名，是以願竢時以有爲，初非欲與雞鶩爭食，故雖見放廢，飲墜露，餐落英，食貧不飽，且恬然安之。雖哀衆芳之蕪穢，然願與同志者安守義命，終不與小人爭得失也。

擥木根以結茝兮，①貫薜荔之落蘂。矯菌桂以紉蕙兮，索胡繩之纚纚。謇吾法夫前修兮，非世俗之所服。雖不周於今之人兮，願依彭咸之遺則。

擥，持也。木根，惡木之根。結，蹴而損之也。薜荔，蔓生，緣古木，葉如碧鱗，結實如瓜，俗謂之木饅頭。蘂，實也。矯，反剥之也。紉，紐而揉之也。胡，大也。繩，綯也。纚纚，繩垂貌。以木根蹙茝，以大繩穿薜荔，束縛桂蕙，喻君子之受摧殘也。同乎人曰周。彭咸，殷之賢士，秉貞介，不得志於世，自沈於江。此言己不屑與小人爭，而衆邪醜正，亂國是，妬賢能，誅逐異己，君子孤尚姱修，志異道殊，進不屑與競，退必不能與同，唯誓依彭咸，以死自靖而已。原之沈湘，雖在頃襄之世，遷竄之後；而知幾自審，當懷王之時，矢志已夙，密於此見之。君子之進退、生死，因時以決，若其要終自靖，則非一朝一夕之樹立，唯極於死以爲志，故可任性孤行，無所疑懼也。

①擥，一作「掔」，啟妍切。

長太息以掩涕兮，哀民生之多艱。余雖好修姱以鞿羈兮，謇朝誶而夕替。既替余以蕙纕兮，又申之以攬茝。亦余心之所善兮，雖九死其猶未悔。

民，人也，謂同列之小人，如靳尚之黨。艱，險也。鞿，馬口銜。羈，絡頭也。誶，問也。替，虧替之也，謂讒毀也。纕，佩帶。攬，盡取之也。謂既譖己，而又偏攻擊其善類。九死，言十有九死，勢必不能容也。自此以下，反覆言其直道不容、所憂不釋之情。此言小人艱險，朝問己與同謀議，夕即謗毀，雖清操孤尚，在濁世而不能伸，若良馬受賤工之銜勒，然亦何至倏忽變遷，「執我仇仇」，而「反予來赫」，若此之酷哉！雖然，此背憎鬼蜮之常態，君子不幸與姦佞同朝，必逢其害，固勢所必然。素料其然，而自信無悔，則雖死而固不足爲己傷也。

怨靈修之浩蕩兮，終不察夫民心。衆女嫉余之娥[十二]眉兮，謠諑謂余以善淫。固時俗之工巧兮，偭規矩而改錯。背繩墨以追曲兮，競周容以爲度。忳鬱邑余侘傺兮，吾獨窮困乎此時也。寧溘死以流亡兮，余不忍爲此態也。鷙鳥之不羣兮，自前世而固然。何方圜之能周兮？①夫孰異道而相安？②

浩蕩，如水渺[十三]茫，支派不分也。民，人也。不察，不辨其邪貞也。謠，飛語。諑，毀謗也。偭，面嚮也。規矩在前，舍之而自爲方圓，所謂「改錯」也。追曲，隨意曲直，無定則也。周容，比周以求容。忳，徒魂切，積憂也。鬱邑，與「於邑」通，讀如「嗚咽」。侘，勅駕切；傺，勅界切；失志無聊而遲立貌。溘，忽也。周，同也。方必不可圜，圜必不可方，不能合同也。安，相容也。承上言小人險詖害政，所恃者君之明察耳。乃君之不慧，喜佞曲而惡忠直，聽羣小之妒，誣我以罪。彼小人之所以惑君者，唯顛倒是非，巧徇君志，而與俗委順，故能得上下之歡心以容身。則余懷貞，而匪舌是出，獨受其窮困矣。余之寧死而不忍爲此態者，忠佞殊塗，忠之不能容佞，猶佞之不能容忠，如鷙鳥不能與燕雀爲羣，非特臭味之殊，抑家國安危之所自決，判於毫釐，必不能毀方爲圜，委曲因時，以求兩可。君之不察，且怪我之獨與衆異而絀之，則我遭時不幸，非徒邪佞之與居，而實君心之先迷也。

①周，一作「同」。

②原行右有評語：「意中遥送。」

屈心而抑志兮，忍尤而攘詬。①伏清白以死直兮，固前聖之所厚。悔相道之不察兮，延佇乎吾將反。回朕車以復路兮，及行迷之未遠。步余馬於蘭皋兮，馳椒丘且[十四]焉止息。進不入以離尤兮，退將復修吾初服。②製芰荷以爲衣兮，纂芙蓉以爲裳。③不吾知其亦已兮，苟余情其信芳[十五]。高余冠之岌岌兮，長余佩之陸離。芳與澤其雜糅兮，唯昭質其猶未虧。④

尤，過，謫也。攘，卻也。厚，謂難言之也。相，審擇也。延佇，遲回也。山脊曰椒。芰，菱也。荷，蓮葉，其華芙蓉。陸離，璀璨也。澤，垢膩也。昭質，昭明潔白之標準也。上言誓死而不能與姦佞並立，此又設爲兩全之説。以己非不念及引身歸隱之計，以潔己而全身，亦嘗往復思惟，使隱忍以遠讒謗，奚必抗直以死爲？前聖之所難言。固將悔己不熟察於進退語默之道，而及今禍之未及，歸休於蘭皋、椒丘，以避謡諑。荷衣蓉裳，服芳自潔。君雖不知，而吾道自存，高冠長佩，可自旌異。清濁雜處，昭質自全。此亦奚其不可？而吾豈未嘗念及此耶？下乃決其不忍然。

① 詬，一作「垢」。
② 復修，一無「復」字。
③ 雧，古「集」字。
④ 原行右有評語：「又收回。」

忽反顧以遊目兮，將往觀乎四荒。佩繽紛其繁飾兮，芳菲菲其彌章。民生各有所樂兮，余獨好修以爲常。雖體解吾猶未變兮，豈余心之可懲？

荒，遠也。四荒，謂四方之遠也。菲菲，香遠飄也。解，音蟹。體解，謂被刑支解。懲，改也。言己非不可引身歸隱，與世相忘；而恩則同姓，分則君臣，黃昏之期不能忘，遲暮之憂不能釋。忽爾情懸中發，仰泝古人，旁觀天下，君臣之遇合，身膺其榮，志極其展者，功名表見，繁飾彌章，各以樂行其道，則余好修之常，豈其獨不能自遂？則憤懣之志，有雖死而不能懲者矣。蓋使魯侯以高宗之師傅説者師孔子，則孔子豈徒爲傅説？齊王以桓公之任管仲者任孟子，則孟子豈徒爲管仲？即懷王以秦之待范睢、燕之待樂毅者待原，原亦不徒爲睢、毅而已。然則當世豈無君臣相信之美？而己獨受謡諑之傷，君獨怙悔遁之過。哀憤忘生，雖欲返初服以怡情芰荷，何能自戢乎？忠貞之士，處無可如何之世，置心澹定，以隱伏自處，而一念忽從中起，思古悲今，孤憤不能自已，固非柴桑獨酌、王官三休之所能知，類若此夫！此上原述志已悉，自「女嬃」以下至末，復設爲愛己者之勸慰及鬼神之告，以廣言之。言己悲憤之獨心，人不能爲謀，神不能爲決也。

女嬃之嬋媛兮，申申其詈予。曰鮌婞直以亡身兮，終然殀乎羽之野。汝何博謇而好修兮？紛獨有此姱節。

女嬃，舊以爲原姊。嬋媛，婉而相愛也。申申，重言也。詈，責也。「曰」者，所責之辭。鮌，與「鯀」同。不以考終曰殀。博，過其幅量之謂，猶言過也。姱節，奇行也。

薋菉葹以盈室兮，判獨離而不服。衆不可户説兮，孰云察余之中情？世並舉而好朋兮，夫何甇獨而不予聽？

薋，蒺藜也。菉，王芻，葉似竹，開碧花，本草謂之「鴨脚莎」，俗呼「竹葉菜」。葹，枲耳，蒼耳也。三者皆惡草，以喻小人。判，别也。離，棄也。言汝獨别異，不佩服之。「察余」之「余」，代原自稱。「予聽」之「予」，代世人自稱。言人皆謂汝不己聽，甇然獨異而無徒也。

依前聖以節中兮，喟憑心而歷兹。濟沅湘以南征兮，就重華而敶詞。啟九辯與九歌兮，夏康娱以自縱。不顧難以圖後兮，五子用失乎家巷。羿淫遊以佚畋兮，又好射夫封狐。固亂流其鮮終兮，浞又貪夫厥家。澆身被服彊圉兮，縱欲而不忍。日康娱而自忘兮，厥首用夫顛隕。夏桀之常違兮，乃遂焉而逢殃。后辛之菹醢兮，殷宗用而不長。①湯禹儼而祗敬兮，周論道而莫差。舉賢而授能兮，②循繩墨而不頗。

節中，節剛柔得中也。喟，歎其不然之辭。憑心，猶言任意。歷兹，謂涉歷此世。女嬃歎原任己之志，不參觀古今成敗之迹，以審剛柔屈伸之節，而婞直以涉此亂世，就重華以敶詞，考前聖之節也。以下備陳三代之興衰，見主聖而後臣可直，及其昏亂則不可救藥也。九辯、九歌，未詳。王逸以爲禹辯九州之物而[十六]歌九功，未知是否。禹所作而言「啟」者，謂啟能纘禹之道。康，太康。家巷，舊都也。失乎家巷，書所謂「俟於雒汭」也。封狐，大狐。横流而渡曰「亂流」，言不順理也。澆[十七]，寒浞子。圉，與「禦」通，謂力可禦人。被服彊圉，負彊捍衆也。忍，戢也。自忘，忘其身之危也。常違，與常道相違。遂，長惡不悛。后辛，紂也。葅醢，殺賢人而醢之。儼，莊恪也。頗，音婆，傾仄不安也。

①用而不長，「而」，一作「之」。

②「舉賢」下，一[十八]有「才」字。

皇天無私阿兮，覽民德焉錯輔。①夫惟聖哲以茂行兮，苟得用此下土。瞻前而顧後兮，相觀民之計極。夫孰非義而可用兮？②孰非善而可服？

民德，民之視聽也。錯，七故切，置也。錯輔，立君以輔天養民。苟，乃也。用，宰制而服役之也。前後，古今也。計極，計其興亡得失之度數也。用，謂施行正道。服，謂聽善言而服膺不忘也。謂必秉義樂善者，乃可進嘉謀以使之行；若懷王之昏庸，天命已去，雖進以善，必不受也。

① 原行右有評語：「險短之節。」

② 原行右有評語：「承簡以舒。」

阽余身而危死兮，覽余初其猶未悔。不量鑿而正枘兮，固前修以菹醢[十九]。

阽，危也。余，亦代原自稱。初，正諫見疏，已有前險[二十]也。鑿，穿孔。正，方也。枘，榫也。納方枘於圜鑿，必不相入也。前修以菹醢，謂前賢之所以醢菹[二十一]也。自「鯀婞直以亡身」以下至此，皆女嬃責原之詞。欲其度時中節以免於患，勿憑其忠耿以遊於亂邦。仰稽舜、禹、啟、湯、文、武之所以興，太康、羿、浞、桀、紂之所以亡，其興也唯主聖而後臣能盡其直，其亡也雖有賢臣不能施其匡救，直言匡救則危死及身。蓋義而後可用善言，善而後可服正訓，所謂節也。若圜鑿方枘，必不相容。已逢惡怒，猶不悔而思退，則菹醢固前賢之明鑒。奈何不懼禍以思免乎？此委曲全身之亦一道，愛原者之爲原謀，必出於此。是即漁父淈泥歠醨之説，原非不知，而心有不安於此者，故設爲其姊之勸戒，而下詳答以不然之故。其立言之善，即於女嬃責己之中，寓三代善惡興亡之炯戒，則所以諷諫懷王者，即在於是。昔人謂「小雅怨誹而不傷，離騷有之」，誠不誣也。

曾歔欷余鬱邑兮，哀朕時之不當。攬茹蕙以掩涕兮，霑余襟之浪浪。

曾，與「增」通，聞女嬃之言而益悲也。朕時不當，言不得逢舜〔二十二〕、禹、湯、武之時。攬，取也。浪，平聲。浪浪，流貌。取哲后之能用義服善，以形懷王之不爾，而哀不可止也。

跪敷衽以陳辭兮，耿吾既得此中正。駟玉虬以椉鷖兮，溘埃風余上征。朝發軔於蒼梧兮，夕余至乎縣圃。欲少留此靈瑣兮，日忽忽其將暮。吾令羲和弭節兮，望崦嵫而勿迫。路曼曼其修遠兮，吾將上下而求索。

敷衽，整襟也。陳辭，答女嬃。自「耿吾既得此中正」以下，皆答女嬃之言。玉虬，白龍。鷖，鳳類。喻己所欲進之君者，施行之美，若乘龍駕鳳以登天。埃，當作「竢」，傳寫之譌。嘉謀已定，惟俟君之用，則可以遠征而高舉。軔，止車木。發，撤之以行車。蒼梧，荒遠之地。縣，音懸。縣圃，西極仙山，所繇以登天。靈瑣，未詳。舊説以爲瑣者門旁疏牕，靈瑣君門，恐未是。羲和，日御。崦嵫，日所入山。曼曼，衍長貌。修，長也。言己欲少俟，而國勢危蹙，如日將暮，乃抑必得同志之賢以匡君而贊大謀，故猶須之時日，上下求索，徧在廷在野而冀遇之。索，所格切。

飲余馬於咸池兮，總余轡乎枎桑。① 折若木以拂日兮，聊逍遥以相羊。前望舒使先驅兮，後飛廉使奔屬。鸞皇爲余先戒兮，雷師告余以未具。吾令鳳鳥飛騰兮，繼之以日夜。

咸池，日所浴，天中黄道也。總轡，總握六轡，驅車行也。枎桑，日所出。若木，日所入。拂，揮之使勿没也。相，與「倘」通。相羊，徙倚也。望舒，月神。蜚廉，風神。奔屬，疾趨相連屬也。鸞皇先戒，盡禮紹介以往求也。雷師未具，極言其情之迫也。鳳鳥飛騰，四顧求賢也。旦拂日而夕前月，繼以日夜，其欲得同心憂國之賢與之和衷，至矣。

① 枎，字從「木」[二十三]。

飄風屯其將〔二十四〕離兮，帥雲霓而來御。紛總總其離合兮，班陸離其上下。吾令帝閽開關兮，倚閶闔而望予。時曖曖其將罷兮，結幽蘭而延佇。①

屯，聚也。離，麗也，附也。總總，衆貌。陸離，雜色貌。帝閽，喻君門。閶闔，西北乾位，爲天門，即帝閽也。望予，謂勞予之凝望。罷，音羆，倦也。言求仕者相帥旅進，挾策之士來若飄風，世族之子炫若雲霓，總總陸離，雜然並進。己爲三閭大夫，掌三族之黜陟，而監察羣下，故得盡閱旅進者，而因以求同志之士，夙夜不倦，願與結蘭相贈，以共匡楚國，非孤尚煢獨而不聽人也。

① 原行右有評語：「辭不類，以伸其意。」

世溷濁而不分兮，好蔽美而嫉妬。朝吾將濟於白水兮，登閬風而緤馬。忽反顧以流涕兮，哀高丘之無女。

白水，舊注云：「出崑崙山，飲之不死。」閬風，亦在崑崙，或云即縣圃。緤，繫也。言己念賢人之見嫉於濁世，故於流俗毁譽之外，高視遠望，冀遇卓然超逸之士，與相匹合，同心效國；而在位者杳無其人，雖欲與同而不得也。

溘吾遊此春宫兮，折瓊枝以繼佩。及榮華之未落兮，①相下女之可詒。吾令豐隆乘雲兮，求宓妃之所在。解佩纕以結言兮，吾令蹇修以爲理。紛總總其離合兮，忽緯繣其難遷。夕歸次於窮石兮，朝濯髮乎洧盤。保厥美以驕傲兮，日康娱以淫游。雖信美而無禮兮，來違棄而改求。②

游春宫，折瓊枝，喻求於君，設好爵以待士。榮華未落，喻君猶聽己之時。高丘無女，在位者不可與謀。故相下女，求草澤之賢，欲詒瓊枝而與偕游春宫也。豐隆，雷神。令雷求者，求之迫也。宓，音伏。宓妃，神女。蹇修，舊以爲伏羲臣，蓋始爲媒氏者。理，合二姓之好也。紛總總，來去無定之貌。緯繣，如緯絲之繣結，乖戾不就緒也。窮石，西極之山。洧盤，水，出崦嵫。皆謂幽隱之處。言草澤之士，隱深遠避，保身潔己，傲世而自怡，雖其志行可嘉，而無君臣之禮，又不我助，不能違之，而仍求之四方之賢者，如下文所云。

① 原行右有評語：「宛折盡致。」
② 原行右有評語：「煎金作液。」

覽相觀於四極兮，周流乎天余乃下。望瑤臺之偃蹇兮，見有娀之佚女。吾令鴆爲媒兮，鴆告余以不好。雄鳩之鳴逝兮，余猶惡其佻巧。心猶豫而狐疑兮，欲自適而不可。鳳皇既受詒兮，恐高辛之先我。欲遠集而無所止兮，聊浮游以逍遥。及少康之未家兮，留有虞之二姚。理弱而媒拙兮，①恐導言之不固。世溷濁而嫉賢兮，好蔽美而稱惡。閨中既以邃遠兮，哲王又不寤。②

覽也，相也，觀也，重疊言者，明旁求之不止也。偃蹇，高遠貌。有娀，簡狄姓。佚，遊也。此喻四方之賢者。原欲爲君致之，與己匹合，共匡君也。鴆，毒鳥。鳩，拙鳥。言欲因人招致，而非鴆則鳩，不能爲道志以致賢。欲自往求，又恐佻巧小人之謗己外交結黨，以是疑而不能往。於是高辛先介鳳皇以納聘，賢士已用於他國。我雖自遠而安集之，彼已不以爲我棲止之地，故我且浮游更索而别求之。不能得之有娀，幾可遇之二姚。乃姦佞已張，己權日替，蔽美稱惡者又多方間阻，我無能爲四方之賢士主。彼賢者，既遠而難致；懷王又爲蔽賢者所迷，終不覺悟。所以我孤立無輔，一鳳介於羣梟之間，見爲煢獨婞直，如女嬃所責也。

①原行右有評語：「意中百折，筆委曲以赴之。」

②原行右有評語：「至此又卓然。」

懷朕情而不發兮，余焉能忍與此終古！①

發，伸也。終古，言久與居也。懷求同志之賢以戮力協志，而人不易得，王又不寤，羣小非鴆則鳩，是以己獨見異。而此翕訿齟齬之小人，將以同昏，而取敗亡，吾又安忍與久處乎？自「耿吾既得此中正」以下至此，皆答女嬃之辭。言責我以煢獨而違衆，不如並舉而好朋，乃我將輔王以大有爲，乘龍以御天。則既旁求賢士，思與協恭戮力，無如上下四索。倚閶闔而望，既總總陸離，離合無據，皆不可與交之徒衆，是高丘無女矣。求之於下，而山林之賢者又高舉遠引而不我顧；求之於四方，而我一人慕賢之情，不敵羣鴆之妬。則或用於他國，或浮遊而不我即。是以懷忠貞之志，抱匡濟之具，含情孑處，唯與小人羣居，則離衆招尤，固非我之婞直自遂，實遭時之不幸也。此因時屈伸之道，非己所能爲之一説也。

①原行右有評語：「卓然。」

索瓊茅以筳篿兮，命靈氛爲余占之。曰兩美其必合兮，孰信修而慕之？思九州之博大兮，豈唯是其有女？曰勉遠逝而無狐疑兮，孰求美而釋女？何所獨無芳草兮，爾何懷乎故宇？世幽昧以昡曜兮，孰云察余之善惡？①民好惡其不同兮，唯此黨人其獨異。②户服艾以盈要兮，謂幽蘭其不可佩。覽察草木其猶未得兮，豈珵美之能當？蘇糞壤以充幃兮，③謂申椒其不芳。

瓊茅，爾雅謂之「葍」，其花赤；本草謂之「旋覆花」。索，所革切，求取也。筳，折竹枝。篿，爲卜算也。楚人有此卜法，取瓊茅爲席，就上，以筳卜也。靈氛，神也。迎神，於筳篿而玩其占，其下則所占之繇詞。兩美，君臣道合也。「孰信修而慕」者，非兩美相合，無能信慕也。「有女」之「女」，如字。以婚姻譬臣主相遇，言不必楚乃可仕也。再言「曰」者，卜人申釋所占之義。「釋女」之「女」，音汝，謂原抱道懷才，求賢者自不能舍。芳草，謂君也。古者三諫不從則去，之他國。戰國之士，旦秦夕楚，立取卿相。以原之才，何患乎無君？故卜有此象，示以決去。「世幽昧」以下，極言楚君臣之不足有爲，以見不可復留之意。是非不察曰「幽昧」，好聽辯言曰「眩曜」。好惡不齊者雖凡民之情，拂人之性者尤小人之異。艾，惡草。盈要者，佩之周要也，謂羣小充斥於廷。珵美，寶玉，喻霸王之大業。賢姦不辨，寧望其成大業乎？蘇，採取也。充幃，填塞幃中。此上託於卜占之辭。言楚國無可與居之人，當去楚以遊他國，天下自有信任己而大用之者，亦士人擇君之一道。賈誼弔原文，意亦如此。原又言：「我非不知此，而不忍爲爾。」蓋同姓之卿，恩深義重，天性所存，神鬼不能爲之謀。此段但述卜意，不置辨者，素志自定，不待辨析而明也。

① 善惡，一作「美惡」。
② 原行右有評語：「卓然。」
③ 原行右有評語：「辭似重而意各別。」

欲從靈氛之吉占兮，心猶豫而狐疑。①

原不忍背宗國，且嘗受王之寵任，尤不忍絶君臣之義，故靈氛告以他適而不欲從。

① 原行右有評語：「結上即以赴下，暗渡無梁。」

巫咸將夕降兮，懷椒糈而要之。百神翳其備降兮，九疑繽其並迎。皇剡剡其揚靈兮[二十五]，告余以吉故。

巫咸，神巫之通稱。楚俗尚鬼，巫或降神，神附於巫而傳語焉。糈，米也。椒糈，以椒香漬米，用之降神。要，迎也。翳，蔽空而下也。九疑，山神，或曰舜之靈也。繽，盛貌。並迎，皆要請之也。皇，尊稱神之辭。剡剡，猶「冉冉」，彷彿之貌。狐疑不欲從卜，故因巫以要神告，此下神告之辭。

曰勉陞降以上下兮[二十六]，求矩矱之所同。①

陞，與「升」同。上下，援古以證今也。矩，曲尺。矱，兩截尺，屈伸以定度者。皆謂法也。因時進退，古有成法，求與之同則無失。

① 矩，一作「榘」。矱，一作「蒦」。

湯禹嚴而求合兮，摯咎繇而能調。苟中情其好修兮，又何必用夫行媒？說操築於傅巖兮，武丁用而不疑。吕望之鼓刀兮，遭周文而得舉。甯戚之謳歌兮，齊桓聞以該輔。

嚴，敬也，謂敬賢以求一德也。調，和也，謂上下和同也。摯，伊尹名。傅巖，在今山西平陽。鼓，動也。鼓刀，屠也。相傳太公屠於朝歌。該，備也。輔，佐也。使備顧問爲輔佐也。此言古今同然之矩矱，君敬以求賢，誠於好修，則賢者自相叶合，不待媒而應矣。前言旁求高丘、下土、四方之士而不得，傷小人多而君子無援。此謂君苟決於敬信，又何藉於同朝之推挽？而讒人豈能離間？則原之不用，實懷王之昏昧終不可輔。援古證今，得失成敗之矩昭然矣。咎繇，即臯陶。

及年歲之未晏兮，時亦猶其未央。恐鵜鴂之先鳴兮，使夫百草爲之不芳。①

鵜鴂，讀如「提決」，伯勞也，仲夏鳴，羣芳皆歇。承上言舜、禹、高宗、湯、文、齊桓急於用賢，雖當國勢方興之際，常懷後時之憂，恐一失事理而賢者亦無救其後。今楚何時，而王猶不痞，非天下之至愚者乎？

①一本無「夫」字，一無「爲」字。

何瓊佩之偃蹇兮，衆薆然而蔽之。惟此黨人之不諒兮，恐嫉妬而折之。時繽紛其變易兮，又何可以淹留？

偃蹇，受蔽而不安也。薆然，草葉叢翳貌。不諒，險詐不可測也。折，傷也。古盛王之急於用賢也如彼，今懷王之不足有爲如此，故讒言交張，禍且及身。原之不可久留以深衆忌，決矣！

蘭芷變而不芳兮，荃蕙化而爲茅。何昔日之芳草兮，今直爲此蕭艾也？豈其有他故兮？莫好修之害也。①

蕭，白蒿。好修，君志正而樂賢也。羣臣一旦靡然從邪佞而爲黨，唯君德不修之故。

①原行右有評語：「卓然。」

余以蘭爲可恃兮，羌無實而容長。委厥美以從俗兮，苟得列乎衆芳。椒專佞以慢慆兮，樧又充夫佩幃。既干進而務入兮，又何芳之能祗？固時俗之流從兮，又孰能無變化？覽椒蘭其若茲兮，① 又況揭車與江蘺？

余，巫咸代原自稱。蘭、椒，舊説以爲斥子椒、子蘭。按：子蘭，懷王之子，勸王入秦者，素行愚頑，固非原之所可恃；且以椒、蘭爲二子之名，則樧與揭車、江蘺又何指也？此五類芳草，皆以喻昔之與原同事而未入於邪者。當日必有所指，而今不可考爾。原方任事之日，競附於正人之列。君信邪棄忠，則旦夕改而黨佞，庸人之恒態也。容長，謂虚有其表。苟，幸也。因君子進用，而佞附焉，遂有君子之名，幸得之也。樧，食茱萸，似椒而不芳。幃，與「禕」同，佩囊也。入，迎合君心也。祗，音支，專壹也。上衰而下佞，素爲君子者皆變而之邪，亂之已成，不可救藥也。

①原行右有評語：「曠然遠引之句。」

惟玆佩之可貴兮，委厥美而歷玆。芳菲菲而難虧兮，芬至今猶未沬。和調度以自娛兮，聊浮游而求女。及余飾之方壯兮，周流觀乎上下。

玆佩，指原所服行。「和調度」者，怡性理情以養生也。沬，已也。女，音汝，謂自求生理，猶釋氏所謂「主人翁」者。余，巫咸代原自稱。飾方壯，道家所謂「鼎未敗」也。周流觀上下，遊神物外，體天地之和也。承上言舉國若狂，衆芳皆變，原獨秉幽芳，安能委棄素志以歷此濁世乎？昭質未虧，當高蹈冥飛，放志江湖，自適以觀化也。自「曰勉陞降」以下至此，皆巫咸降神之言，託於神告，以明其自審以處放廢者。從俗求容，既義所不可；求賢自輔，而君德已非，風俗盡變；若委質他國，又心之所不忍爲；惟退而閑居，忘憂養性，以自貴其生。審彼二術，唯此差堪自慰，所以不從女嬃之詈，不聽筳篿之占，如下文所云，退居漢北，終懷王之世，抑遠游一篇所繇作也。

靈氛既告余以吉占兮，歷吉日乎吾將行。

此靈氛，謂巫咸所降之神，凡卜之所兆、巫之所傳，皆鬼神精靈之氣，故皆曰「靈氛」。占，神所告也。歷，選也。吾將行，退而浮遊也。

折瓊枝以爲羞兮，精瓊靡以爲粻。爲余駕飛龍兮，雜瑤象以爲車。何離心之可同兮？吾將遠逝以自疏。

瓊，赤玉。精，舂之精鑿。粻，乾糧。以玉爲糧，駕飛龍，而乘象玉之輅，所以自旌高貴，而殊於俗也。君心已離，不可復合，則尊生自愛，疏遠而忘寵辱，修黄老之術，從巫咸之詔，所謂愛身以全道也。以下皆養生之旨，與遠游相出入。

邅吾道夫崑崙兮，路修遠以周流。揚雲霓之晻靄兮，①鳴玉鸞之啾啾。

崑崙，羣山之祖，最高者也。在人爲泥丸，諸陽之舍。邅，轉也。鸞，馬鑣上鈴。玉鸞，以玉飾之。揚雲霓，御氣上行也。玉鸞和鳴，從容中節也。

①靄，一作「藹」。

朝發軔於天津兮，夕余至乎西極。鳳皇翼其承旂兮，高翱翔之翼翼。①

發軔，運行也。天津，析木之津，在箕、斗之間，東北之隅，真鉛之所，生氣之海也。西極，魄之宫也。東方魂，北方氣，魂乘氣而遊歷以映魄，自東徂北而西，所謂逆之則僊也。鳳翼承旂，其翱翔自得之狀。

① 原行右有評語：「點染生色。」

忽吾行此流沙兮，遵赤水而容與。麾蛟龍使梁津兮，詔西皇使涉予。

流沙，西方大澤。赤水，南方真汞，神之舍也。魂映魄，魄不滯而流行，以合於神。蛟龍爲梁，以渡魄而南，所謂龍吞虎髓。龍虎匹合交搆，而與神遇，則三花聚頂矣。西皇，魄之靈也。

路修遠以多艱兮，騰衆車使徑待。路不周以左轉兮，指西海以爲期。

徑待，待之於徑也。不周，西北之山，天之柱也。生死之樞，在魄氣之合離，西北其樞也。左轉，謂己遵赤水而復歸不周，逆折而反，其所映之魂也。西海，西之極，魄之藏也。總魂、氣、神而會於此，所謂「以魄鈐魂，虎吸龍精」也。

屯余車其千乘兮，齊玉軑而並馳。駕八龍之婉婉兮，載雲旗之委蛇。

屯，音豚，止也，聚也。軑，車轄也。車千乘而皆屯之，萬念歸於一念，一念歸於無念，無念之念，神光照乎八牖，渾合流行，玉軑並馳矣。八龍，八卦之精，陰陽，水火，山澤，雷風。惟其所御而行，不沈不掉，如西子之離金閣，楊妃之下玉樓，婉婉、委蛇，和氣守中，長生之玄訣也。委蛇，音威夷。

抑志而弭節兮，神高馳之邈邈。奏九歌而舞韶兮，聊假日以媮樂。

忘寵辱而棄世，以游僊自適，庶乎憂憒之志抑；而馳神於高遠，氣和而心得，若奏九歌舞簫韶，終天年以欣適，則内不喪己，外不徇物，憂危不動其心，而無虧於素節，是巫咸所告爲退而自全之道。其視女嬃順俗之諫、筳篿外仕之謀爲愈，而己之所欲從者也。

陟陞皇之赫戲兮，忽臨睨夫舊鄉。僕夫悲余馬懷兮，蜷局顧而不行。

皇，天也。戲，與「曦」同。赫戲，光明之盛也。得修性養命之術，與天爲徒，精光内徹，可以忘物忘己矣。乃倏爾一念，不忘君國之情，欲禁抑而不能，則生非可樂、和不可久，魂離魄慘，若僕悲馬懷，而遠游之志頓息。蓋其忠愛之性，植根深固，超然於生死之外。雖復百計捐忘，而終不能遏。即以巫咸之告於道無損，抑無以平其不已之情，而况比匪姦邪以求容，背去宗邦而外仕，曾足以動其孤貞哉？抑考郭景純不屈於王敦，顔清臣不容於盧杞，皆嘗學仙以求遠於險阻，而其究皆以身殉白刃。則遠游之旨，固貞士所嘗問津，而既達生死之理，則益不昧其忠孝之心。是知養性立命之旨，非秦皇、漢武所得有事，而君子從容就義，固非慷慨輕生、奮不顧身之氣矜決裂者所得與也。審乎進退者裕而志必伸，原之忠，豈「忠而過」乎？

亂曰：已矣哉！國無人莫我知兮，① 又何懷乎故都？既莫足與爲美政兮，吾將從彭咸之所居。

既申巫咸之旨，知故都繽紛變易之不必懷，抑念政惡則國無與存；而義則君臣，恩則同姓，情則成言有黃昏之期，又安能置故都於不懷耶？往復思惟，決以沈江自矢。雖當懷王之世，未嘗絶望，且退居漢北以有待；而君子知幾已夙，其必於舍生取義以從彭咸，又奚俟頃襄遷竄之日乎？

①「無人」下，一有「兮」字。

【校勘記】

［一］「淵」下，補注有「自沈」二字。

［二］「靳尚之稱上官」六字，原無，據康熙本補。「靳」，原誤作「斳」。

［三］縣，康熙本無。

［四］太，康熙本無。

［五］蔞，康熙本作「蔆」。

［六］績，康熙本作「緒」。

［七］所，康熙本無。

［八］齋，補注、集注作「齎」。太平洋本改爲「齎」，中華上編本、上海本亦作「齎」，釋文同。楊按：

「齋」、「齌」皆自「齊」出，據離騷文意當作「齌」；然夫之釋文以「齌」讀「齋」，亦通，則正文和釋文似不必改字。

［九］芞，康熙本作「乞」。爾雅釋草：「掲車，芞輿。」

［十］坎，康熙本作「減」。

［十一］菡，康熙本作「儼」。

［十二］娥，補注、集注作「蛾」。

［十三］渺，康熙本作「淼」。

［十四］且，康熙本無。

［十五］康熙本行右有評語：「含而止。」

［十六］而，原作「可」，據康熙本改。

［十七］澆，原作「浞」。

［十八］「下一」二字，康熙本作「一下」，誤倒。

［十九］康熙本行右有評語：「又收轉。」

［二十］險，康熙本作「驗」。

［二十一］醢葅，中華上編本作「葅醢」。

［二十二］「舜」上，康熙本有「禹」字，衍。

〔二十三〕康熙本無此注。

〔二十四〕將，補注、集注作「相」，太平洋本改作「相」，中華上編本、上海本亦作「相」。

〔二十五〕康熙本行右有評語：「點染。」

〔二十六〕康熙本行右有評語：「閒衍。」

卷二

九歌

王逸曰："九歌者，屈原之所作也。昔楚國南郢之邑，沅湘之間，其俗信鬼而好祠。其祠，必作歌樂鼓舞以樂諸神。屈原放逐，竄伏其域，懷憂苦毒，愁思沸鬱。出，見俗人祭祀之禮、歌舞之樂，其詞鄙陋，因爲作九歌之曲，上陳事神之敬，下見己之冤結，託之以風諫，故其文意不同，章句雜錯，而廣異義焉。"

今按：逸所言"託以風諫"者，不謂必無此情；而云"章句雜錯"，則盡古今工拙之詞，未有方言此而忽及彼，乖錯瞀亂可以成章者。熟繹篇中之旨，但以頌其所祠之神，而婉娩纏綿，盡巫與主人之敬慕，舉無叛棄本旨，闌及己冤。但其情貞者其言惻，其志菀者其音悲，則不期白其懷來，而依慕君父、怨悱合離之意致，自溢出而莫圉。故爲就文即事，順理詮定，不取形似舛盭之説，亦令讀者泳泆以遇於意言之表，得其低回沈鬱之心焉。按：〔一〕逸言沅湘之交，恐亦非是。九歌應亦懷王時作。原時不用，退居漢北，故湘君有「北征道洞庭」之句。逮後頃襄信讒，徙原於沅湘，則原憂益迫，且將自沈，亦無閒心及此矣。

吉日兮辰良，穆將愉兮上皇。

十干曰日，十二支曰辰。外祀用剛日，内祀用柔日。吉、良，卜得吉也。穆，敬也。將，奉而進也。愉，樂也。上皇，謂東皇也。

撫長劒兮玉珥，璆鏘鳴兮琳琅。

珥，劒柄垂組也。玉珥，繫玉組閒。璆鏘、琳琅，皆玉聲。此巫歌舞之飾。古人有劒舞以送酒，項莊拔劒起舞，蓋楚俗也。

瑶席兮玉瑱，①盍將把兮瓊芳。

席，神席。瑶席，席華美如瑶也。瑱，讀如「鎮」，以壓席者。瓊芳，芳艸色如瓊也。敷神席而奉芳艸，以禮神而降之。

①瑱，一作「鎮」。

蕙肴烝兮蘭藉，①奠桂酒兮椒漿。

肴烝，體解牲爲折俎。藉，所以承隋祭者，尸祭，奠於上。蕙、蘭、桂、椒者，皆以形其芳潔。

①烝，一作「蒸」。

揚枹兮拊鼓，疏緩節兮安歌，陳竽瑟兮浩倡。

枹，音孚，擊鼓杖。「疏緩節」者，鼓以爲歌節，其聲疏闊而緩也。安歌，聲出自然。竽，笙類，三十六簧。浩，音之盛也。倡，與「唱」通，歌合竽瑟而盛也。

靈偃蹇兮姣服，芳菲菲兮滿堂。

靈，東皇太一之神。偃，安居貌。肆筵薦俎，歌舞設而神來降矣。

五音紛兮繁會，

神既來降，又大合樂以綏之。

君欣欣兮樂康[二]。

以此樂冀神之歆享。

東皇太一

舊説中宫太極星，其一明者太一，則鄭康成禮注所謂耀魄寶[三]也。然太一在紫微中宫，而此言「東皇」，恐其説非是。按：九歌皆楚俗所祠，不合於祀典，未可以禮證之。太一最貴，故但言陳設之盛，以徼神降，而無婉戀頌美之言。且如此篇，王逸寧得以冤結之意附會之耶？則推之他篇，當無異旨明矣。

浴蘭湯兮沐芳，華采衣兮若英。

英，花也。若英，言衣之華采，粲麗如花也。沐浴盛服，以承祭也。

靈連蜷兮既留，爛昭昭兮未央。①蹇將憺兮壽宮，與日月兮齊光。龍駕兮帝服，聊遨游兮周章。

連蜷，雲行回環貌。留，神留止於雲中也。爛，光明貌。蹇，楚人語助詞。壽宮，清虛之宇，終古不變。雲有去來，而神澹蕩於空際，終古不滅，特其或聚或散，有時而希微若無，人不可得而見，及其聚而有象，則與日月同其昭回矣。此頌雲中君之德也。龍駕、帝服，擬神之形容也。翱遊[四]，言其停聚遲回而不下。周章，言其忽然因風馳行而不留。言己雖齋[五]祓承祀，而神寓乎高玄曠杳之中，不即來降，思之切也。

① 原行右有評語：「寫雲容入化。」

靈皇皇兮既降，猋遠舉兮雲中。覽冀州兮有餘，橫四海兮焉窮？

冀州，見淮南子，九州之一，謂中土也。皇皇，盛大而遽也。言鑒己之誠潔，或一來降格，而雲之爲神，本飄忽不定，則降未久，而又將飈去。周覽中土，橫絕四海，不可得而再邀也。

思夫君兮太息，極勞心兮忡忡[六]。

夫，音扶，語助詞。稱夫君者，親之之詞，猶言阿翁阿母。忡忡，憂思不寧貌。神不可以久留，則去後之思，勞心益切。前序其未見之切望，後言其嚮後之永懷，肫篤無已，以冀神之鑒乎。凡此類，或自寫其忠愛之惻悱，亦有意存焉，而要爲神言。舊注竟以夫君爲懷王，則舛雜而不通矣。

雲中君

此雲之神也。言「中」者，雲氣也，其聚散之靈則神也，神行於氣之中。君者，其主宰。漢書郊祀志有雲中君，古蓋特祀之，今從祀圜丘。

君不行兮夷猶，①蹇誰留兮中洲。

夷猶，坦然自適而無行意也。此序迎神未至而慕望之意。

①原行右有評語：「忽然高唱。」

美要眇兮宜修，沛吾乘兮桂舟。令沅湘兮無波，使江水兮安流。

要眇，静好貌。宜修，宜於收斂，坦適無氾濫也。沅、湘，二水在江水上流。沅湘不漲，則大江不溢而亦安流，乘桂舟者皆沛然順下而無憂。此歎美湘君而稱其功德也。

望夫君兮未來，吹參差兮誰思？①

參差，洞簫，吹之以迎神。沅湘在楚南，故望之而未即來。誰思，謂非思夫君而誰思也。

① 參差，一作「篸箬」。

駕飛龍兮北征，邅吾道兮洞庭。薜荔拍[七]兮蕙綢，蓀橈兮蘭旌。望涔陽兮極浦，横大江兮揚靈。揚靈兮未極，女嬋媛兮爲余太息。横流涕兮潺湲，隱思君兮陫側。

此言神將降而未至，望之極，故愈近而愈見其遲也。北征，言自湘而北來所祀之處。時原退居漢北，祀神者漢北之人也。邅，遲行不進貌。湘水駛流，至喬口入湖，水渟凝不流，故其來遲。神未必爾。望之者，疑其然也。拍，橈下板以擊水者。綢，旗杠纏也。蓀，與「荃」同。言薜、蕙、蓀、蘭者，美之之辭。涔水，在漢北，入漢，合於江。自洞庭下漢陽，西望涔陽，當橫絶江水，入湖北之口，而後至，道險且遠也。靈，當作「⿰舟靈」。揚，鼓枻而行，如飛揚也。極，至也。女，音汝，謂神當念己之切望，而亦以不即至爲歎也。陫側，與「悱惻」同，欲言不得而心不寧也。靈之來也，乘龍舟，載旌旗，鼓橈東下，而涉洞庭之波，絶大江之口，不能即至。兩心相念，望者徒勞矣。

桂櫂兮蘭枻，斲冰兮積雪。采薜荔兮水中，搴芙蓉兮木末。心不同兮媒勞，恩不甚兮輕絶。石瀨兮淺淺，飛龍兮翩翩。交不忠兮怨長，期不信兮告余以不閒。

櫂，篙也。枻，槳類。芙蓉，荷花。淺，音戔。淺淺，湍水急流不退貌。此望之欲其即至，故疑其不肯降，而展轉以思其故，言彼豈斲櫂枻於冰雪之中耶？而遲回若是，令我求見而不得，如采薜荔於水中，搴芙蓉於木末耶？望石瀨之淺淺而不返，待飛龍之翩翩而不集，將無神之心不與我同，恩於我而不甚耶？抑我交不忠而致怨，故雖有期不信，而託言不閒以相拒耶？望之迫，疑之甚，自述其情，以冀神之鑒。凡此類，皆原情重誼深，因事觸發，而其辭不覺其如此，固可想見忠愛篤至之情。而舊注直以爲思懷王之聽己，則不倫矣。

朝騁騖兮江皋，夕弭節兮北渚。鳥次兮屋上，水周兮堂下。

此言神之來至也。朝在江皋，夕即至乎北渚，喜其來則見其速也。望之見爲遲，而已至則見爲速，情之至者其心然也。鳥不期而次於屋上，水不期而周於堂下，喻無所待而安集之意。

捐余玦兮江中，遺余佩兮澧浦。

余，代湘君自稱，述湘君之意。言己捐玦遺佩，速於來降，非期不信而遲留也。澧水，見下章。

采芳洲兮杜若，將以遺兮下女。

女，音汝。下女，下土之人也。遺，去聲。采芳相遺，神貺以福也。

旹不可兮再得，① 聊逍遥兮容與。

己之望神也如此其至，神之貺己也如此其厚，而所用醻酢者一日也，故祝神且從容而歆享之。

①原行右有評語：「暗中又出意。」康熙本評語作「暗中又出一意」，是，此脱「一」字。

湘君

王逸謂：湘君，水神；湘夫人，舜之二妃。或又以娥皇爲湘君，女英爲湘夫人。其説始於秦博士對始皇之妄説，九歌中並無此意。孟子言舜「卒於鳴條」，則檀弓卒葬蒼梧之説，亦流傳失實。而九疑象田，湘山淚竹，皆不足採。安得堯女舜妻爲湘水之神乎？蓋湘君者，湘水之神，而夫人其配也。山海經言「洞庭之山，帝之二女居之」。帝，天帝也。洞庭之山，吴太湖中山，非巴陵南湖，郭璞之疑近是。湘水出廣西興安縣之海陽山，北至湘陰，合八水爲洞庭。楚人南望而祀之。

帝子降兮北渚，

帝子，尊貴之稱。山川之神，皆天所子也。艮、坎，乾坤之六子。此幾幸其來之辭，言帝子其將降于北渚乎。

目眇眇[八]兮愁予。①

眇眇，視而不見貌。望其來而未來，故愁不釋。

①原行右有評語：「句相連而意相禪，化工之筆無痕。」

嫋嫋兮秋風，①洞庭波兮木葉下。

嫋嫋，木葉辭枝，梟翔欲墜貌。商飆興，木葉脱，巴蜀雪消，秋水初漲，天空湖曠，神在洞庭之南，道阻且長，所爲極望而愁予也。

①原行右有評語：「自然，古今絶唱。」

白薠兮騁望，①與佳期兮夕張。

薠，艸似莎而大，然青而不白，疑「蘋」字之譌。與，如禮記「生與來日」之「與」，數也。張，音漲，設也。目極白蘋之浦，而望神之降，因豫數吉日，夙夕供張以迎致。

①「白薠」上，一有「登」字，非是。

鳥萃兮蘋中，①罾何爲兮木上？

蘋，一名「田字艸」，秋開白花。鳥網曰罾。鳥方萃於蘋中，而設罾於木上，不可得也，喻夕張已具而憂神之不降也。

①一本「萃」上有「何」字，亦通。

沅有茝兮澧有蘭，思公子兮未敢言。

澧水出蠻中，入洞庭，或作「醴」，未是。醴水在長沙南，去沅遠矣。或稱「公子」，或稱「帝子」，一也。沅則有茝，澧則有蘭。方將以其芳香邀留公子，而不聽人之迎致，故思之切而不敢顯言。

荒忽兮遠望，觀流水兮潺湲。

荒，與「怳」同。雖不敢言，而念之切，泝洞庭之遠以南望之。

麋何食兮庭中？蛟何爲兮水裔？

麋馴養於苑囿，則何食乎？食於堂下矣。蛟何在乎？則居水之涯矣。物各就其所安，夕張具，思望切，神當就己而安也。

朝馳余馬兮江皋，夕濟兮西澨。聞佳人兮召予，將騰駕兮偕逝。

此代神言，感其誠而來降也。湘水北流，漢在其西，故曰「西澨」。逝，行也。偕者〔九〕，夫人與湘君偕。

築室兮水中，葺之兮荷蓋。蓀壁兮紫壇，匊芳椒兮成堂。① 桂棟兮蘭橑，辛夷楣兮葯房。罔薜荔兮爲帷，擗蕙櫋兮既張。白玉兮爲鎮，疏石蘭兮爲芳。芷葺兮荷屋，繚之兮杜蘅。合百艸兮實庭，建芳馨兮廡門。

此言修飾祠宫，盛設夕張，極其芳潔，以候神，神來斯安也。築室水中，就洲渚爲祠宫，如洞庭、龍堆之類是也。紫，舊注以爲紫貝，與上下文不相類，或紫莨艸也。壇，庭砌也。匊，聚也。棟，脊柱。橑，音老，桷也，今謂之椽。辛夷，一名木蘭，春開白花，紫暈，香聞數里，亦謂之玉蘭。楣，棟上横梁，儀禮「當楣北面再拜」。葯，芷也，或言芷，或言茝，或言葯，廣異名。罔，與「網」通，結也。擗，音檗，析也。櫋，簷際木。析蕙懸之簷際，如今結綵然。鎮，柱礎也。疏石蘭，疏刻砌石爲蘭艸。爲芳，取芳香之義也。芷葺荷屋，又加葺以芷。皆言其飾簷宇之形，如今瓦外甋瓴爲花艸紋。繚，四圍縈繞之也。實庭，徧蒔衆佳卉於庭墀也。建，樹也。廡門，廊。極言祠宫之芳潔，爲神所歆，以妥之。

①　匊，一作「播」。

九疑繽兮竝迎，靈之來兮如雲。九疑山在湘南，神自彼繽紛而來。我合湘君竝迎之，其侍從如雲，處荷屋，就蘭堂，以慰望釋愁，共歆喜也。

捐余袂兮江中，遺余褋兮澧浦。搴汀洲兮杜若，將以遺兮遠者。時不可兮驟得，聊逍遥兮容與。袂，當作「玦」。褋，當作「韘」，詩：「童子佩韘。」遠者，謂祭主，神自九疑而來，故謂主人爲「遠者」。遺，去聲。驟，屢也。

湘夫人

廣開兮天門，紛吾乘兮玄雲。令飄風兮先驅，使涷雨兮灑塵。君迴翔兮以下，踰空桑兮從女。

天門，神所自降，言大司命在天，來降於祠宫也。涷雨，暴雨也。稱「吾」，稱「君」，皆神也，自歌者言之稱「君」，述神之意稱「吾」。[十]女，音汝[十一]，謂承祭之主人。錯舉互見意，故釋者多惑焉。空桑，山名。踰高山而下集，謂從空而至也。[十二]

紛總總兮九州，何壽夭兮在予？

總總，人衆貌。予，代大司命自稱。此詰何故而盡操生人壽夭之柄，下乃釋言之。

高飛兮安翔，乘清氣兮御陰陽。吾與君兮齋速，①導帝之兮九坑。靈衣兮被被，玉佩兮陸離。壹陰兮壹陽，衆莫知兮余所爲。

超形器之上曰高飛，善屈伸之用曰安翔。清氣，冲和之氣。理陰陽，以立性命者也。吾，代司命自稱。君，謂人也。齋，偕也。速，言化之倏忽也。帝之，猶言「帝所」，帝之所在，天也。

九坑，地也。人之生也，受魂於天，受魄於地。其死也，魂升於天，魄降於地。皆司命導之，合萬彙而化之速也。被，音披。被被，猶言翩翩。陸離，文采貌。狀神之容，在若有若無之間。紛綸旁薄，搏合陰陽，分劑各得，以立生人之壽命於無所爲之中，而人莫能知也。此言大司命所以操九州生民壽夭之故，而極贊其功德之盛如此。

①齋，一作「齊」。原行右有評語：「形容大化入微。」

折疏麻兮瑤華，將以遺兮離居。老冉冉兮既極，不寖近兮愈疏。①

疏麻，未詳，舊説以爲麻花，白似玉，服食可卻老延年。離居，謂主人，與神異處，故曰「離居」。神折瑤華以遺人，所以延其壽命。極，至也。老冉冉其將至矣，非承神貺而親近之，則神將去己，日以疏遠，而生理不足以存，故欣其來而唯恐其去也。

①原行右有評語：「赫赫蕭蕭。」

乘龍兮轔轔，①高駝兮冲天。結桂枝兮延佇，羌愈思兮愁人。

駝，與「馳」通。言神不寖近則愈疏，若既去之後，乘龍上天，則雖懷芳延佇，不可得而再見，唯愁思永結而已。

①原行右有評語：「用詞轉。」

愁人兮奈何？願若今兮無虧。固人命兮有當，孰離合兮可爲？

當，謂所値有定期也。言所以戀慕於神而愁其去已者，以神司生人之命，願承其保睨，長若今日，不憂老死也。雖知生死晝夜也，時値之而不可違也，然身與世離，神與形離，永訣之際，愴悽生心，不能自已，則依神佑以求永命，唯恐去已，情自不容於已也。

大司命

舊説謂文昌第四星爲司命，出鄭康成周禮注，乃讖緯家之言也。篇内「乘清氣」「御陰陽」以造化生物之神化言之，豈一星之謂乎？大司命統司人之生死，而少司命則司人子嗣之有無，以其所司者嬰稚，故曰「少」，「大」則統攝之辭也。古者臣子爲君親祈永命，偏禱於羣祀，無司命之適主；而弗無子者，祀高禖。大司命、少司命，皆楚俗爲之名而祀之。

秋蘭兮蘪蕪，羅生兮堂下。①緑葉兮素枝，芳菲菲兮襲予。夫人自有兮美子，蓀何目兮愁苦？②

蘪蕪，當歸苗。芳草生於堂下，喻人之有佳子孫。晉人言「芝蘭玉樹，欲其生於庭砌」，語本於此。言人皆有美子，如芳草之生於庭，而翳我獨無，蓀何使我而愁苦乎？此述祈子者之情。

①原行右有評語：「入手即高吟動人。」

②蓀，一作「荃」，指神。

秋蘭兮青青，緑葉兮紫莖。①滿堂兮美人，忽獨與余兮目成。

此下言神之來下，歆其祀而相眷顧也。芳草盈望，美人滿堂，人皆致其芳潔以事神，而己獨邀靈睞。目成，以目睇視而情定也。

①原行右有評語：「似承上而非承上，閒句。」

入不言兮出不辭，乘回風兮載雲旗。

神之來去無迹也。雲旗，雲卷舒如旗。

悲莫悲兮生別離，樂莫樂兮新相知。①

以別離之悲，知新知之樂。神降而與余目成，喜可知矣。此叙其欣幸得事神之情。

①原行右有評語：「止寫得出，遂空千古。」

荷衣兮蕙帶，儵而來兮忽而逝。夕宿兮帝郊，君誰須兮雲之際？與女遊兮九河，衝風至兮水揚波。與女沐兮咸池，①晞女髮兮陽之阿。望美人兮未來，②臨風怳兮浩歌。

此追述其望神不至意。待之久，望之深，則神來而目成，樂莫樂矣。儵來忽逝，疑其未果來也。君誰須，猶言於誰須君也。「與女游兮九河」二句，舊説以爲河伯章錯簡重出，是也。「與女沐」者，巫與主人也。咸池，喻水之盛滿潔清者。陽之阿，初日所照之地。待之既久，沐而晞髮，而神尚未至，臨風浩歌，望之切也。

①咸池，舊注「星名」，蓋天池也。

②美，一作「媺」。

孔蓋兮翠旍，①登九天兮撫彗星。竦長劒兮擁幼艾，②蓀獨宜兮爲民正。

孔，孔雀；翠，翡翠；以其羽飾蓋旍。彗星，如帚，撫之以除災眚。擁，衛也。幼艾，嬰兒也。竦劍以護嬰兒，使人宜子，所爲司人之生命也。蓀，稱君之詞，謂少司命也。述己之於神未來而望之切，已至而樂之甚，以神之靈掃除無子之眚，而護幼艾，使蘭蘪生於階庭，而釋吾愁苦，故婉戀之心爲尤切焉。

①旍，一作「旌」。

②竦，一作「慫」。

少司命

暾將出兮東方，照吾檻兮扶桑。

斜日照空，温和之氣，晨曰朝暾，暮曰夕暾。此言朝暾也。暾光初出，照吾東楹，知日之初出於扶桑矣[十三]。

撫余馬兮安驅，夜皎皎兮既明。①駕龍輈兮乘雷，載雲旗兮委蛇。

日自扶桑初出，安驅而上，改夜而晝，晶宇明晈，委蛇以伸，如駕龍雷、載雲旗，不疾而速也。

①晈，字從「日」。

長太息兮將上，心低佪兮顧懷。①羌聲色兮娛人，觀者憺兮忘歸。

日出委蛇之容，乍升乍降，摇曳再三，若有太息、低佪、顧懷之狀。晶光炫采，如冶金閃爍，觀者容與而忘歸。此景唯泰、衡之顛及海濱觀日能得之。竝言「聲」者，破雲霞，出滄海，若有聲也。古者祭日必於春朝，東嚮而禮之，迎初升之陽氣。此寫承祭時之景也。

①原行右有評語：「妙于景中寫情，祝融觀日，當知此景。」

緪瑟兮交鼓，簫鍾兮瑤簴，鳴鯱兮吹竽，思靈保兮賢姱。翾飛兮翠曾，展詩兮會舞，應律兮合節。

嚮日之出而合樂以迎之，所謂樂以迎來也。緪，張絃也。交鼓者，瑟非一，齊鼓之也。簫，排竹而張其尾，横吹之。鍾，與「鐘」通。瑤簴，以玉飾鐘簴也。䶵，一作「篪」，長尺[十四]四寸，八孔，一孔上出，横吹之。靈保，即神保[十五]，見詩，謂尸也。祭日之尸，未聞何人。思，以音樂想像其賢姱而咏歎之。翾，小飛也。曾，高舉也。翠曾，如翠鳥之飛，謂舞容也。展詩，陳詩而歌之。會舞，謂歌與舞交作，皆合於一律也。節，與「日」叶。而賦樂舞止此，下文意別。古人有作，韻意不雙轉，於此曉然矣。

靈之來兮蔽日，青雲衣兮白霓裳。

日無，日不麗乎天。其靈無難降格，而或爲雲霓之所蔽，則不能邀靈光而昭事之，故願如下文所云。

舉長矢兮射天狼，操余弧兮反淪降。

弧、矢，禮所謂「救日之弓」「救月之矢」也。天狼，妖茀之氣蔽日者。反淪降，散墜也。

援北斗兮酌桂漿，撰余轡兮高駝翔，杳冥冥兮以東行。①

桂漿，天漿，謂露也。撰，具也。余，代東君自稱。妖氛除，清露降，日乃整轡安驅，破幽冥而自東徂西，容光皆無所蔽矣。盛樂以求諸陽而迎之，尤必爲之祛除氛祲，而後日可得而禮也。

①原行右有評語：「止住。」

東君

日神也。此章之旨，樂以迎神，必驅祓妖氛之蔽，而後可使神聽和平，陽光遠照。其寓意於去讒以昭君之明德者，事與情會，而因寄所感，固不待比擬而自見。若他篇之本無此意，初不可以强相附會也。

與女遊兮九河，衝風起兮水横波。①

女，音汝。九河，河之下流，入海，禹所鑿者。與女，發端之辭，猶言相與遊也。衝風，横渡之風，因激浪而横也。河非楚之封内，故言曾遊九河而與神遇。

①衝，一作「溯」。横，一作「揚」。一本無「水」字。

乘水車兮荷蓋，駕兩龍兮驂螭。

螭，龍無角者。水爲車，荷爲蓋，駕龍而驂螭。河伯之神寓於有象而無形，於波浪横生時，想像見之。

登崑崙兮四望，心飛揚兮浩蕩。日將暮兮悵忘歸，惟極浦兮寤懷。

崑崙，河所自出。河伯登河源之上，而見其流萬里，心與俱馳，逝而不反。至於九河之極浦，河已歸墟，庶幾於此寤寐懷思以求之。

魚鱗屋兮龍堂，紫貝闕兮朱宫。靈何爲兮水中？

紫貝，瑇瑁之屬。朱，與「珠」通。靈居水中，以[十六]魚鱗爲屋，龍鱗爲堂，珠貝爲宫闕。雖痦懷極浦，而終無定居，未易邀迎也。

乘白黿兮逐文魚，與女遊兮河之渚，流澌紛兮將來下。①子交手兮東行，送美人兮南浦。波滔滔兮來迎，魚鱗鱗兮媵予。②

文魚，魚有文者，如今朱鯽之類。流澌，解凍。水神無定居，而痦懷不已，則將乘黿逐魚，乘流東行，與交手偕遊而相送於清波游魚之閒。九河去楚道里悠遠，神不我顧，而依媚之情馳神遥寄，故其辭如此。

① 澌，字從「仌」。

② 鱗，一作「隣」。

河伯

河神也。四瀆視諸侯，故稱「伯」。楚昭王有疾，卜曰：「河爲祟。」昭王謂：「非其境内山川，弗祀焉。」昭王能以禮正祀典，故已之；而楚固嘗祀之矣，民間亦相蒙僭祭，遥望而祀之。序所謂「信鬼而好祠」也。

若有人兮山之阿，被薜荔兮帶女蘿。

女蘿，兔絲也。彷彿似人，故曰「若有人」。

既含睇兮又宜笑，子慕予兮善窈窕。①

此以下皆山鬼之辭，述其情，因以使之歆也。子，謂巫者。予，山鬼自予也。山鬼多技而媚人，自矜其妖姣，爲人所慕，故聞召而至也。

①譱，一作「善」。

乘赤豹兮從文狸，辛夷車兮結桂旗。被石蘭兮帶杜蘅，折芳馨兮遺所思。

人既慕而召我，則乘山獸，御木葉，出女蘿、薜荔之中，擿蘭蘅以來相遺。今俗謂山獠能富人，故貪夫事之。

余處幽篁兮終不見天，路險難兮獨後來。表獨立兮山之上，雲容容兮而在下。杳冥冥兮羌晝晦，東風飄兮神靈雨。留靈修兮憺忘歸，歲既晏兮孰華予？采三秀兮於山間，石磊磊兮葛蔓蔓。怨公子兮悵忘歸，君思我兮不得閒。

容容，不一色也。雨，于付切，自上降也。靈修、公子，皆山鬼稱人之辭，謂主人及巫也。三秀，芝也。閒，如「求閒以見」之「閒」，或音嫺，亦通。山鬼言己處篁箐，游山巔，偶乘飄[十七]風，降於人間，以君慕我，故依君安處而忘歸。然恐淹留久而歲聿暮，主人之誠意已衰，不復能以榮華相待，則且歸，而采芝於危石叢葛之間。怨主人不久留己，使我悵然，惟恐忘歸而急返。

既已歸山，則後雖思我，而我且不得閒，無繇再見也。

山中人兮芳杜若，飲石泉兮蔭松柏，君思我兮然疑作。

芳，采芳也。然疑，且然且疑，不知其所在也。我以不得閒，而不復來者，君將何從而求我哉？

靁填填兮雨冥冥，猨啾啾兮狖夜鳴。風颯颯兮木蕭蕭，思公子兮徒離憂。

狖，似猨，仰鼻，長尾。蕭蕭，木葉落也。空山雷雨，猨鳴木落，思今日之歡而不得，徒離憂而已。曲寫山鬼之情，即以使及今歆感，而弗懷疑思去，不當憂我之倦，而不能以榮華終始相待也。此章纏綿依戀，自然爲情至之語，見忠厚篤悱之音焉；然非必以山鬼自擬、巫覡比君，爲每況愈下之言也。

山鬼

舊説以爲夔、嘄陽之類是也。孔子曰：「木之怪，夔罔兩。」蓋依木以蔽形，或謂之木客，或謂之獟，讀如「霄」，今楚人有所謂「魈」者，抑謂之五顯神。巫者緣飾多端，蓋其相沿久矣。此蓋深山所産之物類，亦胎化而生，非鬼也。以其疑有疑無，謂之鬼耳。方書言其畏蟾蜍。楚俗好鬼，與日星山川同列祀典，而篇中道其喬媚依人之情，蓋賤之也。

操吴戈兮被犀甲，車錯轂兮短兵接。

吴戈，赤堇之銅所鑄，戈刃銛利。犀，山牛，三角。錯轂，兩敵相迎，戎車相間，左右擊刺，轂相錯也。短兵，車右之矛，對弓矢爲短兵。

旌蔽日兮敵若雲，矢交墜兮士爭先。凌余陣兮躐余行，左驂殪兮右刃傷。霾兩輪兮縶四馬，

躐，横突而過也。右，右驂。兩驂死傷，車不得行，兩輪如埋，兩服如縶矣。霾，與「埋」通，

當作「蘳」。

援玉枹兮擊鳴鼓。天時墜兮威靈怒，嚴殺盡兮棄原壄。

玉枹，未詳，或大將以玉嵌枹，欲其重與？車縶不行，猶援枹而鼓，死戰也。天時墜，大命傾也。威靈怒，死而怒氣不散也。嚴殺，威嚴殺氣也。盡，死而氣熸也。勇餘於方死之頃，而氣盡於既死之後也。

出不入兮往不反，平原忽兮路超遠。

魂不能歸也。

帶長劍兮挾秦弓，首身離兮心不懲。

當帶劍挾弓之日，豫知身首分離，而不爲之懲止，其誓死之志久矣。

誠既勇兮又以武，終剛强兮不可凌。身既死兮神以靈，子魂魄兮爲鬼雄！①

不可凌，志不爲死所凌奪也。雄，謂雄長羣神。

①子魂魄，一作「魂魄毅」。

國殤

爲國戰死之魂也。無主之鬼曰殤。

成禮兮會鼓，傳芭兮代舞。

會鼓，合樂也。傳芭，未詳，或今催花送酒之類。代舞，更番舞也。

姱女倡兮容與，春蘭兮秋菊。①

女，如字。倡，歌也。春蘭、秋菊，四時更采芳以薦也。蘭，或言春，或言秋者，蘭春生秋華。菊，大菊，蘧麥也。

①菊，一作「鞠」。

長無絶兮終古。

祀典不廢，長得事神。蓋詩「勿替引之」之意。

禮魂

凡前十章，皆各以其所祀之神而歌之。此章乃前十祀之所通用，而言「終古無絶」，則送神之曲也。舊説「謂以禮善終者」，非是。以禮而終者，各有子孫以承祀，別爲孝享之辭，不應他姓祭非其鬼；而篇中更不言及所祭者，其爲通用明矣。魂亦神也。神統魂、魄，而專言「魂」者，天地山川之神既未成乎魄，山鬼、國殤雖魂魄具，而魄滯於化，魂返於虛，尤可得而禮，故求諸陽，而陰自應之。

【校勘記】

[一]「按」及按語，康熙本作雙行注。

[二]康熙本行右有評語：「止。」

[三]耀魄寶，康熙本作「耀寶魄」。

[四]遊，康熙本作「翔」。楊按：「翱遊」即正文之「遨遊」，正文作「遨」，釋文作「翱」，同音異形，爲通釋所常見；作「翔」與正文不合，非是。

[五]齋，康熙本作「齊」。

[六]康熙本行右有評語：「簡。」

[七]拍，補注作「柏」，注同，其考異云「一作拍」。

[八]眇眇，康熙本作「渺渺」，注同。

[九]者，原作「也」，據康熙本改。

[十]自「稱吾」至「述神之意稱吾」，康熙本作：「或稱『吾』，或稱『君』，皆大司命之神。自歌者言之則稱『君』，述神之意則稱『吾』。」

[十一]「音汝」二字，原無，據康熙本補。

[十二]「空桑山名踰高山而下集謂從空而至也」十六字，原無，據康熙本補。

[十三]康熙本釋文下有校：「枎，字從木。」

〔十四〕尺，康熙本無。

〔十五〕「即神保」三字，康熙本無。

〔十六〕以，康熙本作「似」。

〔十七〕飄，康熙本作「飃」。

卷三

天問

王逸曰：「天問者，屈原之所作也。屈原憂心愁悴，彷徨山澤，經歷陵陸，嗟號昊旻，仰天歎息。見楚有先王之廟及公卿祠堂，圖畫天地山川神靈，琦瑋僪佹，及古聖賢怪物行事。周流罷倦，休息其下。仰見圖畫，因書其壁，呵而問之，以渫憤懣，舒瀉愁思。楚人哀惜屈原，因共論述，故其文義不次序云爾〔一〕。」

按：篇内事雖雜舉，而自天地山川，次及人事，追述往古，終之以楚先，未嘗無次序存焉。固原自所合綴以成章者。逸謂書壁而問，非其實矣。逸又云：「不言『問天』，而言『天問』，天高不可問。」説亦未是。原以造化變遷、人事得失莫非天理之昭著，故舉天之不測不爽者，以問憯不畏明之庸主具臣，是爲「天問」而非「問天」。篇内言雖旁薄，而要歸之旨，則以有道而興，無道則喪，黷武忌諫，耽樂淫色，疑賢信姦，爲廢興存亡之本。原諷諫楚王之心，於此而至。欲使其問古以自問，而躡三王五伯之美武，違桀紂幽厲之覆轍。原本權輿亭毒之樞機，以盡人事綱維之實用，規瑱之盡，辭於斯備矣，抑非徒渫憤舒愁已也。

曰：遂古之初，誰傳道之？上下未形，何由考之？

統一篇而繫以「曰」，則原所自撰成章可知。遂，與「邃」通，遠也。唐虞始有書，蒼頡始有字，而或侈言遠古之事，口耳相授，豈能傳遠乎？謂天開於子，地闢於丑，人生於寅，子丑二會，人且未生，何從考質？發端問此，以見荒怪之事無所徵驗，得失興亡，要諸理而已。

冥昭瞢闇，誰能極之？馮翼唯像，何以識之？明明闇闇，惟時何爲？陰陽三合，何本何化？圜則九重，孰營度之？惟兹何功，孰初作之？斡維焉繫？天極焉加？八柱何當？東南何虧？九天之際，安放安屬？隅隈多有，誰知其數？天何所沓，十二焉分？

以上皆問天地幽明之故。原好學深思，得其所以然，爲吉凶順逆之原本；而爲習而不察者，詰使察識，而不自錮於昏昏之内也。冥，幽也。昭，明也。瞢闇者，幽明分剖，而幽明一致之理，屈伸相感，不能顯見也。極，至也。知至之也。馮，皮冰切，相乘也。翼，迴翔也。陰陽之動，遞相乘而相與迴翔也。惟像，陰陽交感，形象乃成也。運轉於未形之先，無從察識矣。明明，當明而明，晝也。闇闇，當闇而闇，夜也。時，是也。天何爲有晝夜？知此，則消長興亡之故可知矣。三合，陰也，陽也，冲氣也。冲氣以爲本，陰陽以爲化，天道人事盡於此也。圜則，渾天之儀表。九重，七曜天、經星天、宗動天之層次，測之以理數，非營度所得知也。兹，謂天地陰陽之化。天地爲功於人，而人不知；運行日生，無有初終，孰能測知？斡，亦極也。謂南北二極常不動，以持天地。維，四隅之紀，東北曰報德之維，西南曰背陽之維，東南曰常羊之維，西北曰蹏[三]通之維。四隅之氣，寒暑之所自，轉繫於無形之中，莫能知其捖運，知其變則必通而已。加，託也。南北二極如棟，必有所託，將何加哉？元氣自爲加爾。八柱，地有八山，當四方四隅，以上升其氣，與天相通者。當，在也。地不滿東南，中國南東際海，水盈上虚也。際，相交接之處。放，至也。屬，連也。隅，隈也。地形參差，雖方而不方，其隈曲無能盡知。沓，合也。十二，周天之次。分天之度，三十度有奇爲一次，自玄枵至星紀，爲日月交合之會。歲星，歲易之次舍，而下合於分野。天高遠，而分野有涯，何以合也？以上所問，皆有常理常數，可原天道以驗人事，而人不知，故問之。

日月安屬？列星安陳？出自湯谷，① 次於蒙汜。自明及晦，② 所行幾里？夜光何德，死則又育？厥利維何，而顧菟在腹？

此上問二曜顯晦之理。屬，繫也，縣於碧空若有繫而得不墜，實無所繫也。列星，經星。陳，謂列布之，亘古而不易其處。湯，音陽。汜，音似。湯谷，日所出。蒙汜，日所入。夜光，月也。德，謂秉以爲性者。死，晦而無光。育，明復生也。月惟虛順，故能受日光；乍暗旋明，可以知人之德必虛而後受也。菟，古「兔」字。顧菟，月中暗影似兔者，能虧月圓明之體。月何所利而有此？人之利欲爲蔽，包容小人，而自損其明，亦何利哉？凡篇内即事以寓規諫者倣此。

① 湯，一作「暘」。

② 原行右有評語：「衍句，妙。」

女歧無合，夫焉取九子？伯强何處？惠氣安在？

此問氣化之變也。女歧，神女，無夫而生九子。夫，音扶。伯强，厲鬼，一曰禺强。北方，陰氣之化。惠，順也。南方，和順之氣也。陰淫而生，或淫而害，知其所藏之處，與陽和所施之功，則賢姦治亂之故可徵矣。

何闔而晦？何開而明？角宿未旦，曜靈安藏？

此問晝夜之所以分也。開闔者，天地之氣，陽開照物，陰闔則暗也。角宿，其位在東方，卯辰之次，日出而旦。曜靈，日也。以日之明，入於地中，則匿而晦。與女子、小人匿處，其昏暗必也。

不任汩鴻，師何以尚之？①僉曰何憂，何不課而行之？鴟龜曳銜，鯀何聽焉？順欲成功，帝何刑焉？永遏在羽山，夫何三年不施？伯禹愎鯀，②夫何以變化？纂就前緒，遂成考功。何續初繼業，而厥謀不同？洪泉極深，何以寘之？地方九則，何以墳之？河海應龍，何畫何歷？鯀何所營？禹何所成？

此因地形而問鯀、禹之事，言得失成敗，莫不自己也。不任，力不勝任也。汩，音骨，治也。

鴻，洪水。師，衆也。尚，推高而舉薦之。何憂，言可任治水而無患。課，試也。行，用也。言堯何不早試其功，而待之九載？鴟龜曳銜，相傳鯀死，棄尸於羽淵，上爲鴟銜，下爲龜曳。聽者，無能自免也。順欲成功，謂順水之所欲歸而功成。帝何刑焉，言其所以自免者，非無術也。永遏，禁錮也。施，與「弛」同，釋也。舜錮之三年而後殛之，豈非其怙過不悛之故乎？鮌之愎，禹之聖，父子一氣而變化殊，天性異耶？抑所謀之順逆異耶？洪泉，洪水。寘，與「填」通，塞也。九則，九州田賦九等之式。墳，分也。言禹平水土，定則壤，用何道也？順其理而已。應龍，龍無角者。相傳禹治水，有神龍以尾畫地成川，禹因而疏之，導河入海。實則禹循水脈，水脈亦謂之龍耳。鮌營而得罪，禹謀而成功，順欲，剛愎，在父子而成敗異，可以悟人之不可逆而愎諫自用之咎矣。

①原行右有評語：「賦家琢句。」

②愎，一作「腹」，非是。

康回馮怒，墜何故以東南傾？

康回，共工名。相傳共工與顓頊爭帝，怒觸不周之山，天柱折，地維絕，故地東南傾，謂西北山高，遞降而東南爲海。要之，寓言耳。天柱折，裂天經也；地維絶，虧地義也。傾，亂也。狂怒不逞，禍延天下如此。墜，古「地」字。

九州安錯？川谷何洿？東流不溢，孰知其故？東西南北，其修孰多？南北順墮，其衍幾何？崑崙縣圃，其尻安在？增城九重，其高幾里？四方之門，其誰從焉？西北辟啟，何氣通焉？日安不到，燭龍何照？羲和之未揚，若華何光？何所冬暖？何所夏寒？

此廣詰地理也。錯，與「厝」通，安置也。九州之土，大氣舉之，非有所錯也。洿，卑下也。非有損益之者，而高卑殊矣。東流，海水也。修，長也。墮，一作「橢」，圓而長也。衍，餘也。謂南北長於東西，凡幾許也。崑崙之巔曰縣圃，增城在其上，但傳有其處，無有至者，故莫定其所在與其高也。尻，古「居」字。四方之門，淮南子曰：東方，開明之門；西方，閶闔之門；南方，暑門；北方，寒門。蓋四時之氣所自出入。辟，與「闢」通。啓，開也。北極之北，去黄道遠，日所不到，有神曰燭龍，以其目光代日爲光，見山海經，亦以意想像然爾。羲和，日也。若華，若木之華。日入地中，則若木花發赤光以照，亦見山海經。凡此，皆存而不論之事。天地之閒，必無長夜之理。日所不至，尚或照之，見明可以察幽，人心其容終昧乎？暖，與「暄」同，音萱，俗讀如暝者，非。南粵冬暖，五臺夏寒，地殊候異，時變固不可測也。

焉有石林？何獸能言？焉有虬龍，負熊以游？雄虺九首，儵忽焉在？何所不死？長人何守？靡蓱九衢，枲華安居？一蛇吞象，厥大何如？黑水玄趾，三危安在？延年不死，壽何所止？鯪魚何所？①鬿堆焉處？羿焉彃日？烏焉解羽？

此廣詰物變也。石林，石能生枝葉，近貴州有之，石幹木枝，亦一異也。曲禮言「猩猩能言」，或人教習之爾。虬龍、負熊，未詳所出。虺，蝮蛇類，或曰與虫同，蟲也。儵忽，見莊子。不死之民，在交脛國東，見山海經。長人，若國語所載防風氏、春秋傳僑如之類。守，所居也。靡蓱、枲華，未詳。衢枝交錯，二者皆奇草也。巴蛇吞象，見山海經。黑水，見禹貢。玄趾、三危，皆山名，三危在今肅州塞外。延年不死，導引之士言之，然相傳出没人閒者數百年，亦不復見，則壽固有所止。親故凋盡，死於崖谷，人無知者耳。鯪魚，人面人手，見則風濤起。鬿堆，一曰「鬿雀」，狀如雞，食人，見山海經。羿，堯時善射者。彃，射也。相傳十日並出，羿射落其九，當亦喻言。或堯承摯亂，天下僭爲帝者不一，羿滅其九，莊子謂堯伐叢枝胥敖是已。西北極寒之野，鳥飛至其地，毛羽凍落，見穆天子傳。凡此諸問，原本天地，推極物理，盡其生成變化之萬殊，蓋欲使聞之者：於其有實者，窮所自之理，以推得失、興喪之故，而擴其心志，勿迷錮於牀笫、户牖之閒；於其無實者，知人之爲言，詭譎面欺，無所不至，必聽之審、辨之明，而後不爲所惑也。

① 鯪，一作「陵」。

禹之力獻功，①降省下土四方，②焉得彼嵞山女，而通之於台桑？閔妃匹合，厥身是繼，胡嗜不同味，而快朝飽？

自此以下，述古人得失成敗而詳問之，於去讒遠色、貴德賤力之理，反覆致詰，欲令懷王鏡古以自悟也。此言禹力能平水土而獻功，四方皆其所降省，豈不能擇美而娶？乃道娶嵞山氏，惟恤繼嗣之不立，而無擇於色。夫人悦色之情，同於甘食，雖賢者，豈異於人哉？乃但快朝飽，不求甘旨，則禹之循理而遏欲，所以興也。若懷王徒以色故而寵鄭褎，縱嗜欲而無厭足之心，抑又何也？

①原「功」下有夾行注「句」字。

②四方，一本無「四」字。

啓代益作后，卒然離蠥。何啓惟憂，而能拘是達？皆歸射鞫，而無害厥躬。何后益作革，而禹播降？

竹書紀年載：益代禹立，拘啓禁之。啓反起殺益，以承禹祀。蓋列國之史，異説如此。離，去聲，罹也。蠥，災也，謂爲啓所殺也。憂，能憂勤以濟難也。拘，因禁也。達，逸出興師也。射鞫，未詳，鞫或作「鞠」。無害厥躬，言禹受舜禪，與益受禹禪同，益以亡身，而禹無害。作革，言爲啓所革。播降，書所謂「敷於四海」也。禹、啓道同，而虞、夏之存亡異，豈非商均耽樂而啓能憂之故乎？

啟棘賓商，九辯九歌。何勤子屠母，而死分竟地？

九辯、九歌，啟所作樂，餘未詳。凡篇内隱僻不可解者，蓋當時有此異説，而今不可復考矣。舊注强爲附會，語多怪誕，今不從。附舊注：禹治水時，自化爲熊，以通轘轅之道。塗山氏見之而慙，遂化爲石。時方孕啟，禹曰：「歸我子。」於是石破北方，而啟生。其石在嵩山竟地，即化石也。

帝降夷羿，革孽夏民。胡射夫河伯，而妻彼雒嬪？馮珧利決[三]，封豨是射。何獻烝[四]肉之膏，而后帝不若？浞娶純狐，眩妻爰謀。何羿之射革，而交吞揆之？

帝降，言天降羿，令爲虐。羿，有窮后也。革，變也。革孽，革夏祚而蠥夏民。河伯，古諸侯，司河祀者。羿射殺河伯而奪其妻有雒氏。馮，籍也，恃也。以蜃飾弓弰曰珧。利決，巧力能決中也。封豨，大豕。烝肉之膏，射牲而烹烝以祀。若，順也。純狐氏，寒浞之妻。言羿之力足馮如此，而上帝不歆其祀，乃假手寒浞，夫婦協謀，誘羿殺之。揆度其必克，而羿無能勝。蓋無道必亡，虐民縱欲，雖有彊力，不足馮也。

阻窮西征，巖何越焉？化爲黄熊，巫何活焉？咸播秬黍，莆雚是營。何由並投，而鮌疾修盈？

此據晉侯寢疾，黄熊入夢而言，事見左傳。阻窮，道路險遠也。羽淵在東海，西至晉國，越太行之巖險。活，謂降其靈如生也。雚，音丸。秬黍，嘉穀。莆雚，惡草。蓺嘉穀則必營除其惡草，賢佞不並立也。堯之用人，五臣與四凶並用，如種秬黍而未除莆雚，乃使鮌取精多而用物弘，長養其惡，千載而下，越山河之險遠，以病晉君，其貽害之修長盈滿如此。則知人之難，禍延久遠，賢姦之辨，可不早乎？

白蜺嬰茀，胡爲此堂？安得夫良藥，不能固臧？天式從横，陽離爰死。大鳥何鳴，夫焉喪厥體？

嬰，與「纓」通。茀，雲氣。嬰茀，項帶雲氣也。臧，與「藏」同。從，即恭切。舊説崔文子學仙於王子喬，子喬化爲白蜺而嬰茀，持藥與文子。文子驚怪，引戈擊蜺，中之，因墜其藥，俯而視之，子喬之尸也。取而置之室中，覆以敝筍，須臾化爲大[五]鳥而鳴。開而視之，翻飛而去。「天式從横」者，言造化生物之定式，從生爲人，横生爲鳥。然形離則神散，子喬受殺，化爲大鳥，雖能鳴，而已喪其故體矣。蓋子喬不知文子之逆，而輕授以藥，反逢其惡，化鳥哀鳴，無益於生。喻利器不可假人。大權移於小人之手，害必及之。

蓱號起雨，何以興之？撰體協脅，鹿何膺之？

蓱號，雨師。撰，具也。協脅，脅骨駢生也。鹿，五鹿，衞地。蓱號起雨，氣機之動於微者也。晉文公觀脅于曹，授塊於五鹿，而拜賜之徵卒驗，則禍福榮辱，幾有先見，要惟晉文任賢以自彊，有以膺之也。

鼇戴山抃[六]，何以安之？釋舟陵行，何以遷之？惟澆在户，何求於嫂？何少康逐犬，而顛隕厥首？女歧縫裳，而館同爰止。何顛易厥首，①而親以逢殆？

鼇舉首而戴蓬萊之山，見列子。抃，舞也。釋舟，舟離水也。遷，蕩移之也。逐犬，獵也。女歧，澆嫂。館同爰止，同止宿也。鼇之戴山，其任重矣。若恃其神力而抃舞，則必不能安。澆負蕩舟之力以殺羿而篡天下，猶之乎其蕩舟於陵，而舟卒不可動，則亦鼇之戴山而舞也，而况嫂方縫裳，已窺户以宣淫，益增凶慝，故少康因田獵，遂襲殺之。初殺女歧，繼知其誤，並追殺澆。負乘非據，凶淫逢殆，理不誣也。

①「易」上，一有「隕」字。

湯謀易旅，何以厚之？覆舟斟尋，何道取之？

易，改革也。旅，衆也。謂改革衆志，去夏而歸商也。厚，謂厚集其勢，期必得也。太康失國，夏后爲羿所滅。少康依於斟尋，此有夏覆舟之前鑒。使桀能以爲戒，則湯將何道取之乎？所謂「殷鑒不遠」，國必自亡而後人亡之也。

桀伐蒙山，何所得焉？妹嬉何肆？湯何殛焉？舜閔在家，父何以鰥？堯不姚告，二女何親？厥萌在初，何所億焉！①璜臺十成，誰所極焉？登立爲帝，孰道尚之？

妹，音末。嬉，讀如喜。璜，石次玉者。璜臺，瑤臺。成，級也。蒙山，有施氏之國，桀伐之，而得妹喜，寵之，生亂。舜三十未娶，堯不告其父母，妻以二女，終以刑于化成天下。當其始也，桀惡未著，舜德未彰，湯何以億之而知其可殛？堯何以億之而知其必興？則惟桀之築璜臺以縱欲殃民，而舜之道足陟元后。其萌見者，其枝葉必不可揜也，故君唯無道而後姦色淫聲得以中之。然則鄭褎之惑懷王而傾楚，亦懷王自貽也。

①億，一作「意」。

女媧有體，孰制匠之？

相傳女媧一日而七十化，若此之類，廣異聞以詰事理之不然，見人言之未可信也。

舜服厥弟，終然爲害。何肆犬體，①而厥身不危敗？

服，順也。終爲害，欲殺舜不已也。象至不仁，均於禽獸，而舜不加誅。舜之仁，非象所應得也。

①體，一作「豕」。

吴獲迄古，南嶽是止。孰期去斯，得兩男子？

舊説泰伯、仲雍去周而開吴，未詳是否。

緣鵠飾玉，后帝是饗。何承謀夏桀，終以滅喪？帝乃降觀，下逢伊摯。何條放致罰，而黎服大説？

緣鵠，未詳。飾玉，謂禹錫玄圭告成，上帝歆饗，以有天下。後世子孫，貽謀可承，何至桀而滅喪？天降觀四方，乃授伊尹佐湯，致放伐于鳴條，而羣黎九服大説。則興亡之故，豈不以人哉？説，音悦。

簡狄在臺，嚳何宜？玄鳥致貽，女何喜？

此言商之先世，受命于天。以下皆言商初之事，於史亡考，闕之可也。舊説穿鑿，故畧之。

該秉季德，厥父是臧。胡終弊于有扈，牧夫牛羊？干協時舞，何以懷之？平脅曼膚，何以肥之？有扈牧豎，云何而逢？擊牀先出，其命何從？恒秉季德，焉得夫朴牛？何往營班禄，不但還來？昏微遵迹，有狄不寧。何繁鳥萃棘，負子肆情？

舊説晉大夫解居父使吴，過陳之墓，見婦人負其子，欲與之淫泆。其婦稱墓門有棘之詩以刺之。未詳是否。

眩弟竝淫，危害厥兄。何變化以作詐，後嗣而逢長？

此必殷末有其事，而今不可考矣。

成湯東巡，有莘爰極。何乞彼小臣，而吉妃是得？水濱之木，得彼小子。夫何惡之，媵有莘之婦？

此湯舉伊尹之事。極，至也。妃，讀如配。吉配，君臣道合，猶配耦也。相傳伊尹生於空桑，謂尹母溺死，化爲空桑，尹孕其中。或得而育之，惡其無父母，故使爲媵臣，而湯得之爲佐。言賢者之生不偶，非世人所知，待聖主而後興也。

湯出重泉，夫何辠尤？不勝心伐帝，夫誰使挑之？

重泉，地名，桀拘湯於此。湯既出囚繫，初無怨桀之心。求勝以必於伐夏，而誰挑之以必伐？伊訓曰：「造攻〔七〕自牧宫。」桀無道而造兵端，禍自己先發也。

會朝爭盟，何踐吾期？蒼鳥羣飛，孰使萃之？

踐期，不期而會也。蒼鳥，鷹也。言牧野之師，諸侯爭赴，如羣鷹飛擊。惟紂之無道，故有以致之也。

到擊紂躬，叔旦不嘉。何親揆發足，①周之命以咨嗟？

到，至也。不嘉，嘉也。親，謂身任之也。揆，謀也。足，滿也，成也。言至紂已誅之後，周公之功豈不嘉哉？身任發兵之謀，以成周之景命；而流言繁興，使公咨嗟，有毀室取子之憂，讒言之爲害，甚矣！

①足，一作「定」，非是。

授殷天下，其位安施？反成乃亡，其罪伊何？爭遣伐器，何以行之？竝驅擊翼，何以將之？

施，置也。乃，汝也。伐器，斧斨之屬。行、將，所奉之詞，以致討也。竝驅，盡驅除也。擊翼，翦其黨也。言管叔以武庚〔八〕欲授還殷之天下，則將置成王於何地？棄親即讐，祇以反速武庚之亡而已。周公破斧折斨，以平商奄，盡翦亂人之黨，其奉辭伐罪，將王命而行，以何爲名乎？惟管叔之不度德而棄懿親，自取之也。

昭后成游，南土爰底。厥利維何，逢彼白雉？

昭王南巡，自貽膠舟之害。蓋聞越裳貢白雉，謂南夷可以賓服，而不知變生不測，是徼非望之利而逢禍。楚王貪商於而會武關，殆類此也。

穆王巧梅，夫何爲周流？環理天下，夫何索求？

梅，與「枚」通，馬策也。巧梅，善御也。天子環理天下，莫敢不來享，而何驅馳以求索？貪之敗度如此。索，所革反。

妖夫曳衒，何號于市？周幽誰誅，焉得夫褒姒？

曳衒，負物衒賣也。幽王之先，童謡曰：「檿弧箕服[九]，實亡周國。」後有夫婦賣是器者，以爲妖，將執而戮之。夫婦夜亡，聞宫人所棄女子啼而哀之，去至褒。其女長而美，幽王伐褒，褒人入此女以贖罪。幽王寵之，遂亡宗周。篇内於女戎之禍再三言之，蓋深痛鄭褏之禍楚也。

天命反側，何罰何佑？齊桓九會，卒然身殺。

所召。

齊桓死於豎刁、開方之手，蟲流出户，與見弒同。聽賢則興，任姦則亡。天命無常，惟人

彼王紂之躬，孰使亂惑？何惡輔弼，讒諂是服？比干何逆，而抑沈之？雷開阿順，而賜封之？

雷開，紂佞臣。阿，當作「何」。内有妲己，則外有雷開，而比干抑矣。惑亂之本，艷妻也。

何聖人之一德，卒其異方？梅伯受醢，箕子詳狂。

梅，音浼。梅伯，殷諸侯，諫紂，紂醢之，以賜諸侯。詳，與「佯」同。聖人盡忠事君，其德一也。或死或狂，歸於自盡而已。

稷維元子，帝何竺之？投之於冰上，鳥何燠之？何馮弓挾矢，殊能將之？既驚帝切激，何逢長之？

元子，元妃姜嫄之子。竺，厚也。飛鳥覆翼，天厚之。馮弓挾矢，謂稷之後裔，至於文武，以武功定天下也。殊能，大功。將，大也。驚帝切激，謂稷爲高辛所駭異，激怒而棄之，何卒逢天佑，而福澤之長如此？天祚〔十〕有德，禍福不測，存乎其人而已。

伯昌号衰，①秉鞭作牧。何令徹彼岐社，命有殷國？

伯昌，謂文王。号，令也。衰，衰世之主也。秉鞭，御也。西伯，賜鉞專征，御天下，作牧伯，亦奉衰殷之命令，乃終易侯社，而有殷之天下。臣主無常，有德則興耳。

①号，一作「號」。

遷藏就岐，何能依？①

藏，帑也。太王舍邠之畜聚而遷岐，何所憑依以立國？依於民也。

①原行右有評語：「自此以下有急管繁絃之意，情逾迫也。」

殷有惑婦，何所譏？

譏，爲人所指摘也。紂貴爲天子，寵一妲己，而天下萬世賤之。

受賜茲醢，西伯上告。何親就上帝罰，殷之命以不救？

受，紂名。賜醢，以九侯之醢賜諸侯。上告，武王告紂罪於天。稱「西伯」者，武王初亦爲侯伯。親就，躬受也。聽讒誅忠，天所不赦，故武王請於天，受天之命，以訖殷祚，而莫可救。

師望在肆，昌何識？鼓刀揚聲，后何喜？

相傳太公隱於屠肆，文王往問焉。揚聲，古者屠刀柄首有鈴。惟聖知人，昏主進前而不知。

武發殺殷，何所悒？載尸集戰，何所急？

武發，武王發。悒，恨也。載尸，所謂父死不葬也。惑嬖妾，棄賢任讒，人所公憤，故武王急於變[十二]伐。

伯林雉經，維其何故？何感天抑墬，夫誰畏懼？

伯，長也。林，君也。謂晉世子申生，君之長子也。感天抑地，謂申生神遇狐突，云：請命于帝，帝命罰夷吾於韓。抑，及也。申生之精誠，死能感動天地，而生不能感獻公，至於雉經。豈獻公之不可感哉？驪姬賊之也！妹喜也，妲己也，褒姒也，驪姬也，鄭褏與之爲五矣。原屢言致詰，以致痛。

皇天集命，惟何戒之？受禮天下，又使至代之？

受禮，受天之賜也。至，後來者也。括言三代之興，天命之，而申以大戒，乃後嗣不道，代者又興，天命靡常也。

初湯臣摯，後兹承輔。①何卒官湯，尊食宗緒？

前疑、後丞、右弼、左輔，王者之四輔。後兹，終任之也。任賢勿貳，湯之所以興也。尊食宗緒，謂錫以世録。

①承，一作「丞」。

勳闔夢生，少離散亡。何壯武厲，能流厥嚴？

勳闔，謂吴子闔廬，舊説以爲勳君也。夢，音蒙，吴子壽夢也。生，與「姓」同，孫也。闔廬爲壽夢嫡孫，乃王僚立，闔廬散亡居外，而卒殺僚以立，破楚殘越，自彊則威名著矣。

彭鏗斟雉，帝何饗？受壽永多，夫何久長？

舊說以爲彭祖烹雉獻堯，堯食而美之，未詳是否。彭，彭鏗，導引服食而壽，堯饗其獻，壽八百歲。喻用賢則可以祈天永命。

中央共牧，后何怒？蠭蛾微命，力何固？驚女采薇，鹿何祐？北至回水，萃何喜？兄有噬犬，弟何欲？易之百兩，卒無祿。

以上未詳。當時稗官所記，今亡考矣。蛾，洪興祖謂古「蟻」字。

薄暮雷電，歸何憂？厥嚴不奉，帝何求？伏匿穴處，爰何云？

此似言舜事。舜納大麓，烈風雷雨弗迷，其德可以事上帝，而不能得瞽瞍之心。至浚井而穴空以匿，此又何說？精誠可以格天，不能感頑嚚[十二]，孝子忠臣所以窮也。下將言楚事，故重述此，以自白其孤貞之志。

荆勳作師，夫何長？悟過改更，我又何言？

謂楚靈王也。靈王興師，憑陵中夏，威亦大矣。而縊於乾谿，祚不得長。子革諫之，亦悟其過，而改之弗及，不救敗亡。言之無益，又何言也？

吳光爭國，久余是勝。何環穿自閭社丘陵，爰出子文？

此言楚昭王之事。吳光，闔廬也。環穿，穴牆作孔也。吳光挾爭國之威，破楚入郢，昭王出奔，鬬辛救之，穴牆而逃，出閭社，越丘陵，乃免於難。辛出自子文之後，固楚同姓之世臣也。楚自亡而存，皆宗臣之力。而懷王惑於靳尚、張儀，疏遠世臣，故詰之。

吾告堵敖以不長。何試上自予，忠名彌彰？

楚人謂不成君者爲敖。堵敖，楚成王兄，立而遇弒。此言昭王奔隨，國人不知，傳其已死，告於子西，王且如堵敖。子西因自立，以拒吳。已而知王在隨，乃去王號。子西試以上位自予，非貪大位，爲社稷計也，故忠名不損。忠臣苟利國家，知無不爲如此。昭王能知其忠，任以國政，楚以復振。哀今王之聽讒而疑忌也。

【校勘記】

〔一〕爾，康熙本無。

〔二〕虢，康熙本作「疏」。楊按：淮南子天文訓：「東北爲報德之維也，西南爲背陽之維，東南爲常羊之維，西北爲虢通之維。」釋文當引此，則康熙本誤，同治本改是。

〔三〕決，康熙本作「玦」，注同。楊按：「決」、「玦」通，補注、集注作「決」。

〔四〕烝，補注、集注作「蒸」。

〔五〕大，原作「犬」。

〔六〕忭，太平洋本、中華上編本等作「抃」，注同；補注、集注作「抃」。

〔七〕攻，康熙本作「誅」，尚書伊訓作「攻」。

〔八〕庚，原作「度」，據康熙本改。

〔九〕檿弧箕服，康熙本作「檿服箕弧」，史記周本紀作「檿弧箕服，實亡周國」。

〔十〕祚，康熙本作「胙」。

〔十一〕燮，康熙本作「變」。楊按：劉勰文心雕龍詔策：「治戎燮伐，則聲有洊雷之威。」作「變」形訛。

〔十二〕囂，原作「嚻」，據康熙本改；上海本、嶽麓本作「囂」，尚書堯典：「父頑母囂。」

卷四

九章

王逸曰：「九章者，屈原之所作也。屈原放於江南之壄，思君念國，憂心罔極，故復作九章。章者，著也，明也。言己所陳忠信之道，甚著明也。卒不見納，委命自沈。楚人惜而哀之，世論其詞，以相傳焉。」洪興祖曰：「史記云：『上官大夫短屈原於頃襄王，王怒而遷之，乃作懷沙之賦。』則九章之作，在頃襄時。」其説是也。

按：離騷之作，當懷王之時。懷王雖疏遠原，而未加竄流之刑。其後復悔，而聽之，欲追殺張儀而不果。原以王不見聽，退居漢北，猶有望焉。故其辭曲折低回，雖有彭咸之志，固未有決也；言諷而隱，志疑而不激。迨頃襄狂惑，竄原於江南，絶其抒忠之路，且棄故都而遷壽春。身之終錮，國之必亡，無餘望矣。

決意自沈，而言之無容再隱，故九章之詞直而激，明而無諱。章者，無言不著，以告天下後世，而白己之心也。至於悲回風之卒章，馳神寫歿後之悲思，生趣盡，而以君蒿悽愴之情，與日星河嶽互相融結，惟貞人志士，神遇於霏微惝怳之中，非王逸諸人所能盡知者矣。

惜誦以致愍兮，發憤以抒情。所作忠而言之兮，指蒼天以爲正。令五帝以枂中兮，①戒六神與嚮服。俾山川以備御兮，命咎繇使聽直。

惜，愛也。誦，誦讀古訓，以致諫也。愍，與「愍」同，憂恤也。抒，舀也，出心所欲言，如舀粟於臼中也。正，證也，證己之得失也。五帝，太皞、炎帝、黄帝、少皞、顓頊，古帝之明神配五行者。六神，上下、四方之神。枂，與「析」同，辨也。中，刑書之要也。枂中，辨枂事理，定爲爰書也。嚮，對也；服，事也；對質其事理也。山川之神，備御在列，公聽斷也。咎繇，與「皋陶」同。言己愛君而述古訓以致諫，所言之事理，質諸鬼神而無疑也。

① 枂，一作「析」。

竭忠誠以事君兮，反離羣而贅肬。忘儇媚以背衆兮，待明君其知之。言與行其可迹兮，情與貌其不變。故相臣莫如君兮，所以證之不遠。吾誼先君而後身兮，羌衆人之所仇。專惟君而無他兮，又衆兆之所讎。①壹心而不豫兮，羌不可保也。疾親君而無他兮，有招禍之道也。

離羣，爲衆所不容也。贅，餘肉。肬，音侯，瘊也。儇，小慧輕薄也。「忘儇媚」者，戇直而不能同於衆人之巧媚也。不變，有諸中者必見諸外，無變易也。以，用也。即迹徵心，考言詢行，察貌知情，賢姦易辨，其則不遠也。專，壹也。惟，思也。疾，亟也。上既言己之正諫，可以質諸鬼神，則雖與羣小不協，而君應自知之。君若不一其心，聽讒而猶豫，則衆方視我如仇讎，我且有招禍之道矣。此追述未放以前之情事，故自白其忠直之易知，以冀君之違衆以鑒己，故明知爲招禍之道而不恤也。

① 一本「仇」、「讎」下各「一」有「也」字。

思君其莫我忠兮，忽忘身之賤貧。事君而不貳兮，迷不知寵之門。忠何罪以遇罰兮？亦非余心之所志。行不羣以巔越兮，又衆兆之所咍。紛逢尤以離謗兮，謇不可釋。情沈抑而不達兮，又蔽而莫之白。①心鬱邑余侘傺兮，又莫察余之中情。固煩言不可結詒兮，②願陳志而無路。退靜默而莫余知兮，進號呼又莫吾聞。申侘傺之煩惑兮，中悶瞀之忳忳。

思，念也。咍，笑也。忳，徒昆切，屯結於心也。巔，與「顛」同，仆也。承上言忠與人異，爲招禍之道；然抑念之，遇罰而貧賤，非己所恤，但徒勤無益，衹見笑於小人，則有不能甘者，故於諫不聽而又諫之時，遲回自念，欲言姑止。乃忠憤内積，不可强抑，則雖逢尤離謗，而謇直不可釋。若沈默不言，則己心既不見諒於君而莫白；欲自陳己志，乃言之必長，不可挈其要以簡陳之，言煩而君且厭聽，終無能以自達。故兩端交戰於心，退而靜默，進而號呼，皆有所不可，唯煩惑鬱邑而已。此述諫而不聽，又思再諫時之情。

① 一本「志」、「咍」、「釋」、「白」下各有「也」字。

② 一本「結詒」作「結而詒」。

昔余夢登天兮，魂中道而無杭。吾使厲神占之兮，曰有志極而無旁。終危獨以離異兮，曰君可思而不可恃。故衆口其鑠金兮，初若是而逢殆。懲於羹者而吹韲兮，[①]何不變此志也？欲釋階而登天兮，猶有曩之態也。衆駭遽以離心兮，又何以爲此伴也？同極而異路兮，又何以爲此援也？晉申生之孝子兮，父信讒而不好。行婞直而不豫兮，鮌功用而不就。

此託占夢之言，見屢諫於同昏之廷，必無助己者，且有申生、伯鮌之禍，己非不知，而不能自已也。厲神，大神之巫。志極，謂志所至也。旁，輔也。危獨，身孤而危也。離異，與儇媚者異也。可思者，君臣情之不容已；不可恃者，君不明也。懲羹吹韲，言己以諫而逢尤，當緘默以自全。釋階登天，無左右近習之援，而欲君之信己也。曩，謂初諫懷王時。若如曩強諫，頃襄必怒，不異昔也。駭遽，聞言駭異，不從容繹悦，遽加惡怒也。極，至也。同極，同有所欲至，而其路相背馳；小人亦託於謀國，而邪正異趣也。此，我也。伴，助也。自「有志極」以下至此，皆占夢之言。

① 懲於羹者，一作「懲熱羹」。

吾聞作忠以造怨兮，忽謂之過言。九折臂而成醫兮，吾至今而知其信然。

忽，輕也。承上占夢而言，彼所云作忠造怨，吾忽其言爲不足聽，乃復諫不止，讒言益張，君怒益甚，至於遷竄，乃知彼言之果信然。前之不然，非不知也。愛君無已，不忍其遽若此也。不幸而九折臂，雖成醫，何補哉？

矰弋機而在上兮，罻羅張而在下。設張辟以娛君兮，願側身而無所。

矰，以絲繫矢。罻，捕鳥網。辟，音璧，法也。娛，誘也。側身，乘閒而進，拯君之危也。小人設機張網，陷君於危亡，或張彊秦之威以脅之，或進偷安之計而餌之。己欲側身以入，匡救其危，而無從矣。

欲儃佪以干傺兮，恐重患而離尤。欲高飛而遠集兮，君罔謂汝何之？欲橫奔而失路兮，堅志而不忍。①背膺牉以交痛兮，心鬱結而紆軫。

儃佪，不行貌。干，求也。傺，往也。背在身後，膺在身前。交痛，進退兩難也。紆，曲也。軫，念也。言姦佞充斥，無能匡救，欲依楚國以居，則爲小人之所側目；欲出奔他國，非無所往也，特忠臣有死無貳，故不忍往。進退兩難，苑結曲念，無可解也。

①「堅志」上，一本有「蓋」字。

擣木蘭以矯蕙兮，糳[二]申椒以爲糧。播江離與滋菊兮，願春日以爲糗芳。

矯，揉也。糳，舂也。播，揚散之也。糗，乾飯。不及新熟而食，積畜之也。不能安於國中，又不忍奔他國，擅機息牙，以自閔默。芳無人采，摧折之餘，懷以自居而已。此諫而不聽，無從再諫之時，其抑菀有如此者。

恐情質之不信兮，故重著以自明。撟茲媚以私處兮，願曾思而遠身。

信，與「伸」同。於時已見竄遷，小人且加之以罪，情不可以不白，故重述昔者所諫之正，不忍不諫之情，與欲再諫而無從，戢芳忍愁，終不忍去故國之心，如上文所云以自著。蓋至屈抑其忠愛媚主之忱，伏處遠身，遑有他念，奈之何讒人之猶不相釋也？

惜誦

此章追述進諫之本末。言己之所言，無愧於幽明，冀君之見諒，而終不見用者，非徒君之不察，實小人設阱誤國，惡其異己而蔽毁之，故欲反覆效忠，再四思維，知其不可而情難自抑，是以終罹於害。宗臣無去國之義，吞聲放廢，浮沈於羈旅，要未嘗一日忘君也。離騷、遠游與此章皆有歸隱之説。此章雖作於頃襄之世，遷竄江南之後，與彼異時，而所述者乃未遷已前，屏居漢北之情事，故與彼同，而無決於自沈之意。於時，上官大夫恐其復用，必搆其怨望之語，誣以外叛之罪，故自表著其始終所繇，與涉江懷沙悲回風諸篇詞旨有異，而抽思篇中所云「集漢北」、「望北山」者，皆述往事也。

余幼好此奇服兮，年既老而不衰。

奇，珍異也。奇服，喻其志行之美，即所謂「修能」也。言「既老」，則作於頃襄之世益明矣。

帶長鋏之陸離兮，冠切雲之崔嵬。被明月兮佩寶璐。

長鋏，劍也。陸離，劍光。切，猶齊也，冠高若與雲齊也。明月，寶珠。被，綴也。璐，美玉。以上喻其志行之高遠光潔。

世溷濁而莫余知兮，吾方高馳而不顧。駕青虬兮驂白螭，吾與重華游兮瑤之圃。登崑崙兮食玉英，與天地兮同壽，與日月兮同光。

世雖莫知，而所懷者遠大，欲以濟世匡君，上參虞舜，混一區宇，厝國祚於長久。

哀南夷之莫吾知兮，旦余濟乎江湘。

南夷，武陵西南蠻夷，今辰沅苗種也。既被遷江南，將絕江水，泝湘而西，與苗夷雜處，誰復有知我者乎？

乘鄂渚而反顧兮，欸秋冬之緒風。步余馬兮山皋，邸余車兮方林。

鄂渚，今江夏。欸，音哀，歎聲。緒風，相續之風。步，解駕使散行也。邸，閣而懸之不用也。方林，方丘樹林。原既不用，退居漢北，至是遷竄江南，故乘車而東南行，至於江夏，山川相繆，車不可行，將舍車登舟而南。今北往襄、德者，自漢口陸行，舟車各從所便也。既至鄂渚，登黃鵠之磯而西北望，時方秋冬，風自西北來，臨風回眺，故國杳在天西矣。

乘舲船余上沅兮，齊吴榜以擊汰。船容與而不進兮，淹回水而凝滯。朝發枉渚兮，夕宿辰陽。苟余心其端直兮，雖僻遠之何傷〔三〕？①

舲，小舟。榜，櫂也。言「吴榜」者，未詳。擊汰，楫入水擊波上濺也。容與，不進。沅水灘高，舟不易上也。回水，磯上逆流。凝滯，不行也。枉渚，在武陵西。辰水出辰溪，至普市，入沅。水北曰陽。原自江夏往辰陽，絶江而南，至洞庭，乃西泝沅水而上。洞庭九派，湘水爲其正支。涉洞庭則涉湘矣，故前云「濟湘」，此云「上沅」，不相悖。

入溆浦余儃佪兮，迷不知吾所如。深林杳以冥冥兮，猨狖之所居。①山峻高以蔽日兮，下幽晦以多雨。霰雪紛其無垠兮，雲霏霏而承宇。

①之[四]，一作「其」。

沅西之地，與黔、粤相接，山高林深，四時多雨，雲嵐垂地，簷宇若出其上。江北之人，習居曠敞之野，初至於此，風景幽慘，不能無感，況被讒失志之遷客，其何堪此乎？

①「猨狖」上，一本有「乃」字。

哀吾生之無樂兮，幽獨處乎山中。吾不能變心而從俗兮，固將愁苦而終窮。接輿髡首兮，桑扈臝行。忠不必用兮，賢不必以。伍子逢殃兮，比干菹醢。與前世而皆然兮，吾又何怨乎今之人？①

桑扈，莊子所謂子桑户也。不以，亦不用也。與，數也，歷數前世之賢而不用者。

①原行右有評語：「愈曠愈悲。」

余將董道而不豫兮，固將重昏而終身。

將，謂志若此也。董，正也。不豫，無所遲疑也。重昏，幽閉於南夷荒遠之中也。人不足怨，而守正無疑，安於幽廢，明己非以黜辱故而生怨，所怨者君昏國危，如下「亂曰」所云。

亂曰：鸞鳥鳳皇，日以遠兮。

言君側之無賢人。

燕雀烏鵲，巢堂壇兮。

疾小人之乘權誤國。

露申辛夷，死林薄兮。

露申，未詳，或即申椒也。草木叢生曰薄。賢人爲姦佞所蔽，嘉謀不用。

腥臊並御，芳不得薄兮。

御，進也。薄，與「泊」同，近也。

陰陽易位，時不當兮。懷信侘傺，忽乎吾將行兮。①

君子道消，小人道長。國祚將傾，時過中矣。此所以懷忠信者被竄，而吾不能已於遠遷，而國事日非也。

①原行右有評語：「澹止。」

涉江

涉江，自漢北而遷於湘沅，絶大江而南也。此述被遷在道之事。山川幽峭，灘磧險遠，觸目興懷。首言己志行之貞潔，謀國之遠大，而不見知；次引義命以自安；而終之以君之不明，姦邪誤國。此雖欲强自寬抑而有所不能，所怨者非一己之困窮也。

皇天之不純命兮，何百姓之震愆？民離散而相失兮，方仲春而東遷。

純，常也。言天命之無常，不佑楚也。震，動而不寧也。愆，失其生理也。東遷，頃襄畏秦，棄故都而遷于陳。百姓或遷或否，兄弟昏姻，離散相失。仲春，紀時，且言方東作時。舊説謂東遷爲原遷逐者，謬。原遷沅湘，乃西遷，何云東遷？且原以秋冬迫逐南行，涉江明言之，非仲春。

去故鄉而就遠兮，遵江夏以流亡。出國門而軫懷兮，甲之朝吾以行。發郢都而去閭兮，荒忽其焉極？①楫齊揚以容與兮，哀見君而不再得。②

舊郢一曰丹陽，今枝江也。楚自熊通遷於江陵，亦謂之郢。至是東遷，泛江而下，逕江夏、陵陽，繇江入淮，以達於陳。江夏者，江漢合流也。漢水方夏，水漲於石首，東溢，合於江，故漢有夏名。其經流至漢陽，乃與江合。而漢口亦名夏口，則漢謂之夏，相沿久矣。流亡者，迫於彊鄰，棄其故都，傾國而行，如逋逃然。甲之朝，啟行之日。極，至也，言何所底止也。「楫齊揚」者，君臣民庶，萬艇皆發也。民不能盡遷，其留於郢者，永與楚王訣別，不得再見。一時宗廟人民瓦解之哀，於斯極矣。

① 一本「荒忽」上有「怊」字。

② 原行右有評語：「寫出無知得意之狀。」

望長楸而太息兮，涕淫淫其若霰。過夏首而西浮兮，顧龍門而不見。心嬋媛而傷懷兮，眇不知其所蹠。順風波以從流兮，焉洋洋而爲客。淩陽侯之氾濫兮，忽翺翔之焉薄。心絓結而不解兮，思蹇産而不釋。

楸，梓也。長楸，長林也。夏首，夏口。西浮，西望漢水浮天際也。龍門，郢城東門。蹠，所往也。洋洋，去而不返。陽侯，波神，謂波也。薄，與「泊」通。絓，繫也。蹇産，詰屈也。此上言在途飄泊，追思故都者之情。

將運舟而下浮兮，上洞庭而下江。去終古之所居兮，今逍遥而來東。羌靈魂之欲歸兮，何須臾而忘反？背夏浦而西思兮，哀故都之日遠。

上則有洞庭，下則有江，滔滔東逝，去而不返也。終古，自先王以來也。逍遥，無知自得之貌。靈魂，猶言夢魂歸故都。夏浦，漢渚也。此上皆追憶郢都之辭。

登大墳以遠望兮，聊以舒吾憂心。哀州土之平樂兮，悲江介之遺風。當陵陽之焉至兮，淼南渡之焉如？曾不知夏之爲丘兮，孰兩東門之可蕪？

墳，隄岸也。登者，泊舟而登也。自江漢而下，岸平土沃，可以怡情，而云「哀」者，所謂「信美非吾土」也。江介，夾江南北也。遺風，吳之故俗與楚殊者。陵陽，今宣城。南渡，舟東南行也。焉如，不知所棲泊也。國既東遷，江漢之閒人民失次，舊時井疆夷爲丘墟，故都城闕，草萊荒蕪，則州土平樂，又何足以舒憂乎？此敍始至下江而不安之情。

心不怡之長久兮，憂與愁其相接。惟郢路之遼遠兮，江與夏之不可涉。忽若不信兮，至今九年而不復。

憂者，憂所遷之不寧；愁者，愁故都之不復。當始遷時，且謂秦難稍平，仍復歸郢。至此作賦之時，九年不復，終不可復矣。賦作于九年之後，則前云「仲春」、「甲之朝」者，皆追憶始遷而言之。

慘鬱鬱而不通兮，蹇侘傺而含慼。外承歡之汋約兮，諶荏弱而難持。

承歡，上下相承以相娛也。汋，與「綽」同。汋約，縱歛自如貌。諶，信然也。前皆叙遷者之情，此以下原自道其憂國憂讒之意。頃襄遷原於江南，其遷都于陳，原不與同遷。尋繹此篇前後之旨，蓋原雖不用，然猶可與聞國政。東遷之役，原所不欲，讒人必以沮國大計爲原罪而譖之，故重見竄逐。其傷心悲歎者，於此爲切，而深憾昏主佞臣安於新邑，嬉游自得，曾不知國之弱喪不可復持，則雖放逐，憂難自已也。

忠湛湛而願進兮，妒被離而鄣之。堯舜之抗行兮，瞭杳杳而薄天。衆讒人之嫉妬兮，被以不慈之僞名。憎愠惀之修美兮，好夫人之慷慨。衆踥蹀而日進兮，美超遠而逾邁。

湛，徒感切。湛湛，厚貌。被，音披。被離，侈張貌。瞭，明也。杳杳，高遠也。薄天，言德之高，峻極于天也。讒人毀正，堯舜傳賢，且可被以不慈之名，況其他乎？憎、好，君憎之、好之也。愠惀，誠積而不能言也。夫，音扶。夫人，猶言此人，指讒己者。慷慨，巧言無忌也。踥蹀，相踵而進。超越[五]，疏遠也。此申上鬱鬱含蹙之意。

亂曰：曼余目以流觀兮，冀壹反之何時？鳥飛反故鄉兮，狐死必首丘。

曼，延也。壹，決也。決計反都於郢也。鄉，與「嚮」通。首，音狩。人情懷其故土，國君效死而勿去，此已所湛湛願進之忠也。

信非吾罪而放逐兮，何日夜而忘之？

雖諫而見放，然願君西歸之心，不能旦夕忘也。

哀郢

哀故都之棄捐，宗社之丘墟，人民之離散，頃襄之不能效死以拒秦，而亡可待也。原之被讒，蓋以不欲遷都而見憎益甚，然且不自哀，而爲楚之社稷、人民哀。怨悱而不傷，忠臣之極致也。曰「東遷」，曰「楫齊揚」，曰「下浮」，曰「來東」，曰「江介」，曰「陵陽」，曰「夏爲丘」，曰「兩東門可蕪」，曰「九年不復」，其非遷原於沅溆，而爲楚之遷陳也明甚。王逸不恤紀事之實，謂遷爲原之被放，於哀郢之義奚取焉？逸注之錯雜鹵莽，大率如此。

心鬱鬱之憂思兮，獨永歎乎增傷。思蹇産之不釋兮，曼遭夜之方長。

懷憂不釋，長夜追思，憶往昔納忠見逐之情，如下文所云，所謂抽繹舊事而思也。

悲秋風之動容兮，何回極之浮浮。數惟蓀之多怒兮，傷余心之慢慢。願摇起而橫奔兮，覽民尤以自鎮。結微情以陳詞兮，矯以遺夫美人。

動容，秋風慘烈，變卉木之容也。回極，風之往來回旋而至也。浮浮，不定也。數，所角反。蓀之多怒，謂懷王輕於喜怒，無定情以謀國。摇起橫奔，任情離合，貪忮而妄行也。民尤，通國皆知其過也。因秋風之回旋無定，興懷王之輕喜易怒，摇惑人言，橫奔失路，如聽張儀而罵齊、割地獻秦、請囚張儀之類，人皆知其爲過。己願王察衆論以慎於舉動，故不容己於正諫。

昔君與我成言兮，曰黄昏以爲期。羌中道而回畔兮，反既有此他志。憍吾以其美好兮，覽余以其修姱。與余言而不信兮，蓋爲余而造怒？

回畔，反背也。憍，與「驕」同。造，在到反，作也。懷王初與己同心謀國，既爲姦佞所惑，背己而從異説，反自謂得策，而驕我之不如。余雖與言而不信，顧且怒我之不順。從此述始諫懷王而不聽之情事。

願承閒而自察兮，心震悼而不敢。悲夷猶而冀進兮，心怛傷之憺憺。兹歷情以陳辭兮，蓀詳聾而不聞。固切人之不媚兮，衆果以我爲患。

自察，自表著也。震悼，君方怒己，懼益見疏也。憺憺，猶言蕩蕩，動而不寧貌。詳，與「佯」同。切人，切直之言不利于小人也。此述初諫不聽，從容再諫。君既不聽，因觸怒，而讒言所自興也。

初吾所陳之耿著兮，豈至今其庸亡？何毒藥之謇謇兮？①願蓀美之可完。

毒藥，攻毒之藥，喻直諫也。言己所陳之利害著明，事後驗之，一皆合符，豈非扶危定傾有用之言乎？言雖苦口，亦願君之祈天永命，保完社稷而已。

①何毒藥，一本作「何獨樂斯」。

望三五以爲像兮，指彭咸以爲儀。夫何極而不至兮？故遠聞而難虧。善不由外來兮，名不可以虚作。孰無施而有報兮？孰不實而有穫？

三五，舊説以爲三王五伯。儀，法也。言己所陳者，稽王伯之成軌，盡彭咸之忠節。使其得用，則何所極而不至？聲聞達于四鄰，國家保其鞏固，皆如施之必報，實之可穫，耿然昭著而不誣。而君所憍我以美好者，皆希非望之福，襲無實之名，無利而徒害。余言雖毒，抑豈過哉？

少歌曰：與美人抽怨〔六〕兮，并日夜而無正。

少歌、倡，皆楚人歌曲之節。追思君與我致怨之故，日夜以思之，而不得其理。

憍吾以其美好兮，敖朕辭而不聽。

敖，與「傲」通。己之所言，皆繇中出，實而可穫者。顧以邪佞之言爲美好相驕傲，此所以思之而不得其故也。

倡曰〔七〕：有鳥自南兮，來集漢北。

此追述懷王不用時事。時楚尚都郢，在漢南，原不用而去國，退居漢北。

好姱佳麗兮，牉獨處此異域。既惸獨而不羣兮，又無良媒在其側。道逴遠而日忘兮，[1]願自申而不得。望北山而流涕兮，臨流水而太息。

牉，别也。異域，言不在國中。逴，亦遠也。日忘，言君不復念己也。北山，襄、鄧西兆楚塞之山。

① 逴，一作「卓」。

望孟夏之短夜兮，何晦明之若歲！惟郢路之遼遠兮，魂一夕而九逝。曾不知路之曲直兮，南指月與列星。願徑逝而未得兮，魂識路之營營。

心神惝惚，依於宗國，其情景有如此者。

何靈魂之信直兮，人之心不與吾心同。理弱而媒不通兮，尚不知余之從容。

從容，委曲相就也。己身在外，而心飛騖［八］於君側；小人日在左右，而情不相繫。忠佞之不同若此，乃心離者貌合，心依者身違。君且暱彼而疏我，亦無如之何也。

亂曰：長瀨湍流，泝江潭兮。

此作賦時事，其遷竄江南所歷之境也。潭水出辰州，入沅。

狂顧南行，聊以娛心兮。軫石崴嵬，蹇吾願兮。

文所云。

軫，視也。蹇，語助辭。臨流眄石，佯狂四顧以自娱，欲以忘憂，而憂固有不能忘者，如下

超回志度，行隱進兮。

超，遠也。回，回思也。隱，傷也。遠憶昔日所秉之志度，欲行而傷於進，是以心終不可得而娱也。

低佪夷猶，宿北姑兮。煩冤瞀容，實沛徂兮。

北姑，地名，未詳其處。煩冤，心鬱而躁也。追思前事，故遲回旅宿，心煩容瞀；念今此所行，顛沛無聊也。

愁歎苦神，靈遥思兮。

靈，魂也。即上「一夕九逝」之意。

路遠處幽，又無行媒兮。

雖神馳君側，終無能自達。

道思作頌，聊以自救兮。憂心不遂，斯言誰告兮？

道，言也。救，申理也。無能達情志於君，聊自表白始志及兩代見擯、慍於羣小之情，以申理煩冤，乃憂國之心不得遂，亦誰能知我而爲可告者乎？

抽思

抽，繹也。思，情也。原於頃襄之世，遷於江南，道路憂悲，不能自釋。追思不得於君，見妒於讒之始，自懷王背己而從邪佞，乃自退居漢北以來，雖遭惡怒，未嘗一日忘君，而讒忌益張，嗣君益惑，至於見遷南行。反己無疚，而世無可語。

故作此篇，以自述其情，冀以抒其憤懣焉。曰「漢北」，曰「南行」，殊時殊地，舊注都所未通，讀者當分別觀之。

滔滔孟夏兮，草木莽莽。傷懷永哀兮，汩徂南土。眴兮杳杳，孔靜幽默。鬱結紆軫兮，離慜而長鞠。①

滔滔，猶言「悠悠」。孟夏，日長也。莽莽，叢生貌。眴，與「瞬」同。杳，靜。幽默，結愁於心，神志衰沮也。舒［九］軫，愁之長也。鞠，窮也。目不欲視，口不欲言，有死之心，無生之氣，自沈之志，於斯決矣。

① 慜，一作「愍」。

撫情効志兮，冤屈而自抑。刓方以爲圜兮，常度未替。易初本迪兮，君子所鄙。章畫志墨兮，前圖未改。

易，變也。「初本迪」者，始所立志，本所率繇也。畫者，匠者墨所畫也。志，記也。所畫之墨，守之以爲直，章明易見，記之以無失尺度也。言欲屈抑徇物，毁方爲圜，變易初志；而撫念情志，若改易繩墨，則爲君子所鄙，心不能安也。

内厚質正兮，大人所盛。巧倕不斲兮，孰察其撥正？玄文處幽兮，矇瞍謂之不章；離婁微睇兮，瞽以爲無明。變白以爲黑兮，倒上以爲下。鳳皇在笯兮，雞鶩[十]翔舞。同糅玉石兮，一概而相量。夫惟黨人之鄙妬[十一]兮，羌不知余之所臧。

忠以厚君，直以正事，無巧言之慷慨，敦誠樸之昭質。唯大人爲能顯其功，猶倕必試之以斲而後知其巧。今黨人識既鄙固，又懷嫉忌，國事不審，安危不察。既莫我用，反誣我以所謀不臧而屈抑之。忠直之不達，固已。

任重載盛兮，陷滯而不濟。懷瑾握瑜兮，窮不知所示。邑犬之羣吠兮，①吠所怪也。非俊疑傑兮，固庸態也。

黨人以匪材而居大任，以致陷覆；然且愎諫自用，使有嘉謀嘉猷者無可告語，而反遭疑謗，固庸人之恒態，不足深怪。所恃者，明主能察之而已。

① 犬之，一本無「之」字。

文質疏内兮，衆不知余之異采。材朴委積兮，莫知余之所有。重仁襲義兮，謹厚以爲豐。重華不可遻兮，孰知余之從容？

疏内，内通而外不炫也。朴，木質也。委積，所藏者厚也。襲，亦重也。謹，慎於事也。厚，深於謀也。豐，大功所自立也。遻，與「晤」同，遇也。黨人之謀國，忽而狂怒，忽而畏懦；秉仁義而慮深遠者，從容自定。賢不肖之辨，亦易別矣。乃君非大舜，安從辨之？則羣吠之犬，唯所噬害矣。

古固有不竝兮，豈知其何故也？湯禹久遠兮，邈而不可慕也。① 懲連改忿兮，抑心而自强。離慜而不遷兮，願志之有像。

君昏臣妬，自不可與古人並美；而云不知其故者，望之之切，而歸咎無從也。連，連衡事秦，張儀之邪説也。忿，若懷王罵齊而絶之，割地獻秦，求殺張儀，皆一朝之忿，不思而逞。若能抑其小忿，自彊以不屈於秦，則何湯禹之不可學乎？懷王不聽己言，地割身囚，覆敗已有成像。使頃襄能以爲鑒，遘愍而思遷，則事猶可爲，乃己所深願而冀其然者。今顧不然，其亡可立而待矣。

① 一本無二「也」字。

進路北次兮，日昧昧其將暮。舒憂娱哀兮，限之以大故。

北，背也。次，所止宿也。大故，死亡也。日既夕矣，猶舍其次舍，冥行不止，國有大憂，舒緩而不恤先君之哀，娱樂而不憒，死亡之不可逃，天限之矣。原所以不忍見而願沈湘也。

亂曰：浩浩沅湘，分流汩兮。修路幽蔽，道遠忽兮。

汩，音鶻，波流貌。忽，荒忽，不能達也。竄于沅湘，去君日遠，讒閒蔽之，欲自白而無從。

懷質抱情，獨無匹兮。伯樂既没，驥焉程兮？

匹，合也。程，衡量也。抱忠誠以孤立於黨人之世，君又無特達之知，終不可以有爲而救時艱矣。

萬民之生，各有所錯兮。安心廣志，余何畏懼兮？曾傷爰哀，永歎喟兮。世溷濁莫吾知，人心不可謂兮。

錯，倉故切，置也。生死唯天所置，則死不足懼；而傷懷哀歎不容已者，舉國安危樂亡，不可與言也。

知死不可讓，願勿愛兮。明告君子，吾將以爲類兮。

安心不懼，歸於一死，而猶明告君子，表著己志者，蓋欲使有心者超然於禍福之外，抗忠直以匡危亂，勿懲己之放逐，而欲勿與爲類也。

懷沙

懷沙者，自述其沈湘而陳尸於沙磧之懷，所謂不畏死而勿讓也。原不忍與世同污而立視宗國之亡，決意於死，故明其志以告君子。司馬遷云：「乃作懷沙之賦，遂自投汨羅。」蓋絶命永訣之言也，故其詞迫而不舒，其思幽而不著，繁音促節，特異於他篇云。

思美人兮，擥涕而竚眙。媒絶路阻兮，言不可結而詒。蹇蹇之煩冤兮，陷滯而不發。申旦以舒中情兮，志沈菀[十二]而莫達。

擥涕，揮涕也。結，聚也，聚所欲言而陳之也。發，亦達也。申旦，重復而明也。此總敘其懷忠而不得達之情。

願寄言於浮雲兮，遇豐隆而不將。因歸鳥而致辭兮，羌宿高而難當。①高辛之靈盛兮，遭玄鳥而致詒。欲變節以從容兮，媿易初而屈志。獨歷年而離愍兮，羌馮心猶未化。寧隱閔而壽考兮，何變易之可爲！

將，致也。宿高，鳥宿高枝。難當，不相就也。人無可託，欲因飛雲、歸鳥以寄思君之衷而不可得，甚言其窮也。玄鳥詒高辛以傳帝命，神者通之，而當今之人曾莫能感，媒絶路阻，終不能達矣。將欲介紹小人冀致於君，而貞邪異致，道不可屈，故自懷迄襄，歷年遘愍，而此心馮依正直，雖有委曲全生之道，非所忍爲也。

①宿，一作「迅」。

知前轍之不遂兮，未改此度。車既覆而馬顛兮，蹇獨懷此異路。

前轍，謂懷王聽讒佞而國破身死於秦也。車覆、馬顛，所行不遂，亦明矣。改轍、異路，人不知悔，己所不昧也。

勒騏驥而更駕兮，①造父爲我操之。遷逡次而勿驅兮，聊假日以須時。指嶓冢之西隈兮，與纁黄以爲期。

操，持轡也。遷，改也。逡次，逡巡，順路而緩行也。嶓冢，在秦西，秦始封之地。纁黄，日斜色赤黄。時懷王聽張儀之邪説，爲秦所誘執，如縱轡馳驅，以致傾覆。原願頃襄懲前敗而改轍，已將授以固本保邦、待時而動之策，如操轡徐行，審端正術，則可以自彊，而待彊秦之敝。秦者，楚不共戴天之讐，而不兩立之國也。深謀定慮，以西搗其穴，至於嶓冢。雖未可卒圖，而黄昏不爲遲暮。此與岳鵬舉痛飲黄龍之志同，而君懦臣姦，忠臣被禍，其不能雪恥以圖存，一也。

①原行右有評語：「忽轉，以意相承。」

開春發歲兮，白日出之悠悠。吾將蕩志而愉樂兮，遵江夏以娱憂。擥大薄之芳茝兮，搴長洲之宿莽。惜吾不及古人兮，吾誰與玩此芳草？①

初春韶日，喻頃襄初立，且有更新之望，原雖不見任，而猶未罹重譴，故將集思廣謀，擥芳搴美，以有爲於國。乃頃襄不可與言，無夏少康、燕昭王之志，則懷芳自玩，誰與聽之？

①原行右有評語：「挽回輕安。有力故輕，輕故安。」

解萹薄與雜菜兮，備以爲交佩。佩繽紛以繚轉兮，遂萎絕而離異。

萹，音褊，蓄也。雜菜，葸菲之類，惡菜也。繽紛，雜而盛也。繚轉，縈回於左右也。惡草充佩，則芳草萎而不用；衆佞盈廷，則哲人懷芳不試，而與上離。此所以不及古人，而無與玩芳也。

吾且儃佪似[十三]娛憂兮，觀南人之變態。竊快在中心兮，揚厥憑而不竢。芳與澤其雜糅兮，羌芳華自中出。紛郁郁其遠承兮，[①]滿內而外揚。情與質信可保兮，羌居蔽而聞章。

澤，汙也。身既見逐，處於事外，觀黨人之所爲，見其幸君子去國，快遂其欲，憑怒畀發，若將不及。唯然，而善惡炳著，公論不泯，貞邪相形，己之忠貞内滿、訏謨外揚者，四鄰聞之，萬民傳之，固不可揜也。

①承，一作「烝」。

令薜荔以爲理兮，憚舉趾而緣木。因芙蓉以爲媒兮，憚蹇裳而濡足。登高吾不説兮，入下吾不能。固朕形之不服兮，然容與而狐疑。

蹇，當作「褰」。説，與「悦」同。君不我知，臣不我容，志雖白於天下，而知我者，木杪之薜荔，水際之芙蓉爾，俱不可因之以自白。假四鄰之稱説，則疑於外比；聽國人之顯理，則嫌於沽譽。固我之形勢所不可爲，且益以增闇君之疑而祇辱矣。

廣遂前畫兮，未改此度也。①命則處幽，吾將罷兮，願及白日之未暮也。②獨煢煢而南行兮，思彭咸之故也。

前畫，謂當懷王時所以謀國者。廣遂，謂於頃襄時仍用前謀，而更因變以盡所謀也。罷，止也。白日未暮，國尚未亡也。故，故迹也，謂憤世沈江，彭咸之故事。己忠不白，國事益非，命已處於幽暗莫伸，則唯及敗亡未至之日，一死而已。所以甇甇南行，將沈於湘也。

①原行右有評語：「百轉千回。」

②原行右有評語：「順帶出一意。」

思美人

此以篇首之語名篇，而述其所爲國謀之深遠，前後一志，要以固本自彊，報秦讐而免於敗亡。忠謀章著，而頃襄不察，誓以必死，非婞婞抱憤，乃以己之用舍繫國之存亡，不忍見宗邦之淪没，故必死而無疑焉。其曰「指嶓冢之西隈」，微詞也，抑要言也。劉向、王逸之流惟不知此，故但以不用、見逐爲怨。使其然，則原亦患失之小丈夫而已，惡足與日月爭光哉？

而嫉之。

惜往日之曾信兮，受命詔以昭詩。奉先功以照下兮，明法度之嫌疑。國富彊而法立兮，屬貞臣而日娭。秘密事之載心兮，雖過失猶弗治。心純厖而不泄兮，遭讒人而嫉之。

惜，憶也。曾信，嘗爲君所信也。昭詩，一作「昭時」，舊説謂教王以詩，以耀明其志。按：原未嘗爲王傅，自當作「時」。時，是也，即下所云「明法度」也。先功，先王之功令也。娭，樂也。過失弗治，王許以雖有過失，不責治之。厖，厚也。泄，與「洩」同。史記稱：懷王甚任屈原，使造爲憲令，屬草稾未定，上官大夫見而欲奪之，原不與，因讒之曰：「原爲令，衆莫不知，一令出，自伐其功曰『非我莫能爲』。」此蓋追賦其事。

君含怒而待臣兮，不清澂其然否。蔽晦君之聰明兮，虛惑誤又以欺。弗參驗以考實兮，遠遷臣而弗思。信讒諛之溷濁兮，盛氣志而過之。①何貞臣之無辠兮？被離謗以〔十四〕見尤。慙光景之誠信兮，②身幽隱而備之。

盛氣志，怒也。過，謫也。離謗，謗以離其上下之交也。光景，光輝影迹之外著者也。古之人，誠信所孚，光輝外著，上必見信於君，下非小人之所能蔽。今備誠信於幽隱，而光影不昭，俯自悼念，慙回天轉日之無功，君子自盡之極致也。

①咸，古「盛」字。

②景，古「影」字。

臨沅湘之玄淵兮，遂自忍而沈流。卒没身而絶名兮，惜壅君之不昭。君無度而弗察兮，使芳草爲藪幽。焉舒情而抽信兮，恬死亡而不聊。獨鄣壅而蔽隱兮，使貞臣爲無由。①

焉者，無所望之辭。恬，安也。不聊，心無可慰也。無可奈何，決於一死。死而君可以悟，死可恬也。然而心終莫能自慰者，忠貞不見諒，君終於闇，國終於危，身没而名絶也。

①爲無繇（由），「爲」一作「而」。

聞百里之爲虜兮，伊尹烹於庖廚。呂望屠於朝歌兮，甯戚歌而飯牛。不逢湯武與桓繆兮，世孰云而知之？吴信讒而弗味兮，子胥死而後憂。介子忠而立枯兮，文君寤而追求。封介山爲之禁兮，報大德之優游。思久故之親身兮，因縞素而哭之。①

弗味，不玩味子胥之忠諫也。文君，晉文公。枯，焚死也。寤，覺也。禁，禁火。優游，有餘也。久故，謂從亡出外之舊故。親身，愛己也。言追悔痛哭，知其愛己之德有餘，亦無補也。太公、伊尹、甯戚、百里奚，雖疏賤而大功立，則誠信積中而光景外著矣。若子胥、介子身死，而夫差、晉文始悔，亦奚益乎？此幽隱絶名，雖身[十五]死而固無聊者也。

① 原行右有評語：「點染生色，得不滯。」

或忠信而死節兮，或訑謾而不疑。弗省察而按實兮，聽讒人之虚辭。芳與澤其雜糅兮，孰申旦而别之？何芳草之早殀兮？微霜降而下戒。諒聰不明而蔽壅兮，使讒諛而日得。自前世之嫉賢兮，謂蕙若其不可佩。妒佳冶之芬芳兮，嫫母姣而自好。雖有西施之美容兮，讒妬入以自代。願陳情以白行兮，得罪過之不意。情冤見之日明兮，如列宿之錯置。

詭謾，强不知以爲知而欺人也。申旦，重審也。戒，棘也。微霜降，芳草殀，喻己方有爲而遽摧折也。前世，謂懷王之世。讒人盤據，衒嫫母之姣好，雖先王客死，國事日非，而相踵代興，如近世所謂傳衣鉢者，堅護門户，終不使貞臣復進，是以頃襄之世更被譴竄。小人之情，貞人之冤，追惟今昔，皎然易見矣。

乘騏驥而馳騁兮，無轡銜而自載。乘氾泭以下流兮，無舟楫而自備。背法度而心治兮，辟與此其無異[十六]。寧溘死而流亡兮，恐禍殃之有再。不畢辭而赴淵兮，惜壅君之不識。

氾，浮也。泭，與「桴」同，栰也。心治，思治也。辟，與「譬」同。馬逸、桴浮，國勢危而妄作也。再者，懷王辱死于秦，頃襄將爲之繼也，小人之情，君子之冤，明白易見，不能覺察，背安全之法度，乃欲希覬功名，此懷王已覆之舟車，禍將再發。己不忍見，故決意沈湘；然追念受知懷王見任之始，中被讒謗，至於今日，非國之不可爲、君之不可寤，而羣姦壅閉，以至於斯，則雖死而有餘惜。貞臣一以君國爲心，所云伊、吕、戚、奚者，惜君之不王不伯，豈以身之不遇爲憤怒，如劉向諸人之所歎哉？

惜往日

亦以篇首語名篇。追述初終，感懷王始之信任，而惜功之不遂。讒人張於兩世，國勢將傾，故決意沈淵，而餘怨不已，誠忠臣之極致也。

后皇嘉樹，橘徠服兮。

徠，與「來」通。服，謂此南服也。天地所生，珍木不偶，喻賢者内美性成，爲天所授。

受命不遷，生南國兮。深固難徙，更壹志兮。

更，平聲，連「徙」爲義，從「徙」字斷句，而有餘義，下句足之。古人文字多有然者，唐、宋人不知耳。難於徙，而更易之，其志壹矣。橘不踰淮，喻忠臣生死依於宗國。

緑葉素榮，紛其可喜兮。曾枝剡棘，圜果摶兮。①青黄雜糅，文章爛兮。

素榮，白華也，喻士志行修潔。曾，與「層」通，枝重疊也。剡，鋭也。枝上有莿，與棗莿類，喻貞介，與俗相拒。摶，若摶合而成，喻德行純全。青黄雜糅者，當橘熟時，或青或黄，相雜陸離，喻德之有實，備諸衆美。爛，文盛貌。

①圜，一作「圓」。

精色内白，類可任兮。①

内，瓤也。内含精液而清白，類人有精白之心，可託以大任。

①可任，一作「任道」。

紛緼宜修，姱而不醜兮。

紛緼，剖之而香霧霏微也，類人之修能合宜，芳美發見而無惡。

嗟爾幼志，有以異兮。

木之美惡，各從其種。當初生而已爲嘉樹，喻貞邪各從性生。

獨立不遷，豈不可喜兮？深固難徙，廓其無求兮。

橘既長成實，遷之則不實。「豈不可喜」者，言遷之肥壤，豈不可榮？而植根必固，徙之則瘁，喻君子必不徇俗而同汙。廓者，自信己貞廓然，無所回惑也。

蘇世獨立，横而不流兮。

蘇，草也。言生於荏草之中，而貞幹獨立，不隨草靡，喻君子雜處於濁世，而不隨横逆以俱流。

閉心自慎，終不過失兮。

皮瓤相裹，周固自護，喻己含忠内韞，不敢輕泄，如上官大夫所譖者。

秉德無私，參天地兮。

内瓤分瓣，均平得理，如君子之德，可以參天地而無私。

願歲并謝，與長友兮。

橘樹冬榮，霜雪不凋，志願堅貞，與歲相爲代謝，友四時而無渝。喻己忠貞，不改其操。

淑離不淫，梗其有理兮。

淑，美也。離，麗也。枝葉茂盛，華香果美，而其爲木也，堅挺獨立，無繁艷婀娜之態。蓋梗介自理，志士仁人之節也。

年歲雖少，可師長兮。行比伯夷，置以爲像兮。

木之壽者，或數百年。橘非古木，故曰「年少」，而堅芳有實，可爲喬木之師。喻己雖生乎百世之下，然可仰質古人，風示來者。置，植也。以上諸美，堅貞芳潔，可比德於伯夷，故植之園囿，以礪己志，因而頌之。

橘頌

橘者，南方之嘉木也。古產於楚、湘，今盛於閩、粤。按：李衡言：「江陵有千頭木奴。」則楚之宜橘舊矣。原偶植之，因比物類志，爲之頌，以自旌焉。

悲回風之搖蕙兮，心冤結而内傷。物有微而隕性兮，聲有隱而先倡。

回風，大風旋折，所謂焚輪之風也。性，生也。風之初起，生於蘋末，已而狂飆震蕩，芳草爲之摧折。讒人之在君側，一倡百和，交蕩君心，則國是顛倒，誅逐無忌，貞篤之士更無可自全之理。故追原禍始，而知己之不可復生也。

夫何彭咸之造忠[十七]兮，暨志介而不忘。

暨，與也。己與彭咸同其志介，誓死而必無生之想者，何也？下文極言其故。

萬變其情，豈可蓋兮？孰虛僞之可長？

原雖放逐，而羣小猶或爲羈縻之言。楚已濱危，而目前且未有傾覆之禍，然情形已不可揜，則國之必亡，己之終不容於世亦明矣。

鳥獸鳴以號羣兮，草苴比而不芳。魚葺鱗以自別兮，蛟龍隱其文章。故荼薺不同畝兮，蘭茝幽而獨芳。

苴，敗草。比，聚也。輯[十八]，亦比也。荼，苦蓼。薺，甘菜。獨芳，人莫知也。鳥獸號羣，翕訿相聚也。草苴相比，衆惡相長也。葺鱗自別，必與君子異道也。此情變之不可蓋者，已明見於人情國勢，蘭茝必不能登其芳香矣。此萬變之情，不可隱者，欲不誓死，亦奚待哉？

惟佳人之永都兮，更統世以自貺。眇遠志之所及兮，憐浮雲之相羊。介眇志之所惑兮，竊賦詩之所明。

佳人，猶言君子。都，美也。統世，周覽羣情，知其變也。自貺，折衷物變，擇潔身之道，以自予也。君子不與衆同汙。天下之情僞，彙觀而擇善以自處，乃己所欲效法也。遠志，遠大之志，昔所諫君而欲大有爲者也。相羊，與「倘佯」同，蕭散不能聚也。介，獨也。惑，疑也。眇志，孤志也。己所自貺者，遠大之志。君既不用，如浮雲之散滅，則孤眇之心，疑禍亂之必再者，唯賦詩見志而已，不能喻諸人也。

惟佳人之獨懷兮，折若椒以自處。曾歔欷之嗟嗟兮，獨隱伏而思慮。涕泣交而淒淒兮，思不眠以至曙。終長夜之曼曼兮，掩此哀而不去[十九]。寤從容以周流兮，聊逍遥以自恃。傷太息之愍憐兮，氣於邑而不可止。糺思心以爲纕兮，編愁苦以爲膺。

若，杜若。椒，申椒。周流，游行也。纕，佩帶。膺，胸也。君子獨懷芳而不采，宵而不安於寢，旦而不怡於游，終不釋于懷抱。原至此，不復名言其所愁者何事，而但自道其哽塞迷悶之如此，近死之哀鳴，與他篇抑别矣。

折若木以蔽光兮，隨飄風之所仍。存髣髴而不見兮，心踊躍其若湯。撫珮衽以案志兮，超惘惘而遂行。

仍，風聲相襲也。案，抑也。蔽目[二十]之光，蔽目不欲視也。任風之發，塞耳不忍聽也。目不欲視，耳不忍聽，置斯世於若存若亡之表，而憂從中來，倏然而興，盪魂震魄，不可忍戢。俯仰無聊，惟整衣惝怳，抑志而赴江南。蓋雖未赴湘流，而生趣已盡，有若此者。

歲曶曶其若頹兮，時亦冉冉而將至。薠蘅槁而節離兮，芳以歇而不比。憐思心之不可懲兮，證此言之不可聊。寧逝死而流亡兮，不忍爲此常愁。①

曶，與「忽」同。頹，墜也。節離，葉離枝也。比，合也。不比，葉落香散也。此言，所言也。聊，賴也。生趣盡，死志決，則形雖存而神已去之。平日志願皆爲萎歇，愁無可改，言窮而意亂，雖欲弗死，不能忍矣。

①不忍爲此，一作「不忍此心之」。

孤子唫而抆淚兮，放子出而不還。孰能思而不隱兮？昭彭咸之所聞。①

唫，渠飲反，口急不能言也。抆，拭也。隱，痛也。昭彭咸之所聞，見所傳聞於彭咸者，正與己類也。臣之於君，猶子之於父母。孤子悲哽，放子長離。彭咸之隱痛，其情亦然。以我例之，正與同也。

①昭，一作「照」。原行右有評語：「忽掉開。」

登石巒以遠望兮，路眇眇之默默。入景響之無應兮，聞省想而不可得。

此以下述被遷以後，不可忍而誓死之情。眇眇，無形。默默，無聲。景，古「影」字。聞，去聲，聲也。登高山而回瞻故國，省想其聲容，不可得而見聞。君臣之恩已絶，宗國之安危不可知，是以鬱戚愈不能堪，如下文所云。

愁鬱鬱之無快兮，居戚戚而不可解。①心鞿羈而不形兮，②氣繚轉而自締。穆眇眇之無垠兮，莽芒芒之無儀。聲有隱而相感兮，物有純而不可爲。藐蔓蔓之不可量兮，縹綿綿之不可紆。愁悄悄之常悲兮，翩冥冥之不可娛。淩大波而流風兮，託彭咸之所居。

鞿羈不形，困心不釋，神結於中，而不能泄也。繚轉自締，氣隨心困，欲舒而若束之也。穆，幽遠也。無垠，魂四蕩而無所依也。芒芒，無所知貌。無儀，昏瞀不復自持也。聲隱相感，不必有聲，而若或惕之也。物，事也。純而不可爲，若欲專有所爲，而竦然起，已乃知其不可爲也。蔓蔓，思緒相引，無事而思，不知首尾也。縹，輕微之色。心神恍忽，若在若無，攬之無端也。翩冥冥者，神已去形；不可娱者，形雖留，而不戀也。以上迫寫幽憂不可解之情，盡古今思士愁人之自言，無有曲寫如此者。情中之景，刻畫幽微，如此常愁，其可忽[二十二]乎？所以淩波隨風，決於自沈也。

①原行右有評語：「空窅之中，寫此一段實語。非冥心内炯者，其孰能之？」

②形，一作「開」。

上高巖之峭岸兮，處雌蜺之標顛。

此下言沈湘以後，精神不泯，游翱天宇之内，脱濁世之汙卑，釋離愁之菀結，以一死自靖於先君，逌然自得也。雌蜺，虹外暈也。標，杪也。顛，高頂也。

據青冥而攄虹兮，遂儵忽而捫天。吸湛露之浮源兮，漱凝霜之雰雰。依風穴以自息兮，忽傾寤以嬋媛。

青冥，空宇也。攄虹，發氣成虹也。風穴，風所自出也。傾寤，欹眠而寤也。嬋媛，空游自得也。此想像魂遊空際，與霜露風虹相爲往來之貌。

馮崑崙以瞰霧兮，隱岐山以清江。憚涌湍之礚礚兮，聽波聲之洶洶。紛容容之無經兮，罔芒芒之無紀。軋洋洋之無從兮，馳委移之焉止。

瞰，俯視也。隱，讀如「隱几」之「隱」，亦馮也。岐，與「岷」同，音民。清江，澄江水使清也。憚，驚也。礚礚，波聲。容容，不一容也；芒芒，無定則也；謂翺翔於高山大川，無定往也。軋，凌轢也。言凌軋元氣，洋洋八極之内，不繇津逕。委移，與「逶迤」同，曲折自如也。此想像魂游四方，俯瞰江山之貌。

漂翻翻其上下兮，翼遥遥其左右。氾潏潏其前後兮，伴張弛之信期。

漂，流動也。翼，飛鶩也。氾，與「泛」通。潏，音決。潏潏，流轉貌。上下，天地之閒。左右，前後四方也。此總言上文登青冥、歷江山之遠速。張弛，屈伸也。游魂舒卷，信心而無定期。伴，與「泮」同，回散而無常之意。

觀炎氣之相仍兮，窺煙液之所積。悲霜雪之俱下兮，聽潮水之相擊。借光景以往來兮，施黃棘之枉策。

煙，雲也。液，雨也。積者，雲屯而雨沛也，此春夏之氣也。悲，感也。潮水相擊、雪霰雜遝之聲，此秋冬之氣也。言魂亘寒暑，歷四時，遊於太虛之中，乘氣往來，光景不息也。黃棘，未詳。枉策，謂策馬以回旋也。此上皆言沈湘既死之後，魂爽不昧，焄蒿絪緼於天地之閒，駘蕩自如，離污濁而釋不解之憂，故不忍常愁，而決於一死。乃豫想其浩然之氣，不隨生死爲聚散，而蝹蜦旁薄於兩閒者如此。蓋忠貞純一之志氣，與天地合德，鬼神效靈者，可以自信。屈子之貞魂，至今爲烈，豈虛也哉？

求介子之所存兮，見伯夷之故[二十二]迹。心調度而弗去兮，刻著志之所適。

度，徒雒切。調度，審處也。既已豫念死後之情景，因決自沈之計。調度已審，刻志著意，從子推、伯夷之所適，弗能去此而別有自靖之道也。

曰：吾怨往昔之所冀兮，悼來者之愁愁。浮江淮而入海兮，從子胥而自適。望大河之洲渚兮，悲申徒之抗迹。驟諫君而不聽兮，重任石之何益？①心絓結而不解兮，思蹇産而不釋。

愁愁，貪昧也。大河，黄河。申徒狄諫紂不聽，負石自沈於河。任，負也。上既言生不堪愁，庶幾一死，以神游六合，散其菀滯。此復言子胥死而吴亡，申徒沈而殷滅，屢諫於君者既不得用，身死之後，盈廷貪昧以趨于危。君不閔己之死而生悔悟，則雖死無益，心終不能自釋。蓋原愛君憂國之心，不以生死而忘，非但憤世疾邪，婞婞焉決意捐生而已。

①原行右有評語：「又生一意，收。」

悲回風

此章亦以篇首名篇。蓋原自沈時永訣之辭也。無所復怨於讒人，無所興嗟於國事，既悠然以安死，抑戀君而不忘。述己志之孤清，想不亡之靈爽，合幽明於一致，韜哀怨於獨知。自非當屈子之時，抱屈子之心，有君父之隱悲，知求生之非據者，不足以知其死而不亡之深念。王逸諸人，紛紜罔測，固其宜已。

【校勘記】

［一］各，原無，據康熙本補。
［二］糳，康熙本作「鑿」。
［三］康熙本行右有評語「卓然」。
［四］之，康熙本無。
［五］超越，上海本作「超遠」，與正文合。
［六］怨，康熙本作「思」，補注、集注作「怨」。
［七］曰，原作「口」。
［八］鶩，康熙本作「騖」。
［九］舒，中華上編本、上海本作「紓」，與正文同。
［十］鶩，中華上編本作「騖」，通；補注、集注作「鶩」。
［十一］姤，補注、集注作「固」，據釋文當作「固」。

[十二] 菀，康熙本作「苑」。
[十三] 似，太平洋本、中華上編本、上海本作「以」，補注、集注作「以」。
[十四] 以，補注、集注作「而」。
[十五] 身，康熙本作「恬」。
[十六] 康熙本行右有評語：「補句。」
[十七] 忠，補注、集注作「思」。
[十八] 輯，康熙本作「葺」，同正文。
[十九] 康熙本行右有評語：「真情活寫。」
[二十] 目，康熙本作「日」。
[二十一] 忽，康熙本作「忍」。
[二十二] 故，補注、集注作「放」。

卷五

遠遊

王逸曰：「遠游者，屈原之所作也。屈原履方直之行，不容於世，上爲讒佞所譖毁，下爲俗人所困極，章皇山澤，無所告訴，乃深惟元一，修執恬漠。思欲濟世，則意中憤然，文采鋪發，遂敘妙思，託配仙人，與俱游戲，周歷天地，無所不到；然猶懷念楚國，思慕舊故，忠信之篤，仁義之厚也。是以君子珍重其志，而瑋其辭焉。」

按：原此篇與卜居、漁父皆懷王時作，故彭咸之志雖夙，而引退存身，以待君悔悟之望，猶遲回而未決。此篇所賦，與騷經卒章之旨略同，而暢言之。原之非婞直忘身，亦於斯見矣。所述游僊之説，已盡學玄者之奥。後世魏伯陽、張平叔所隱祕密傳以詫妙解者，皆已宣洩無餘。蓋自彭、聃之術興，習爲淌洸之寓言，大率類此。要在求之神意精氣之微，而非服食、燒煉、禱祀及素女、淫穢之邪説可亂。故以魏、張之説釋之，無不脗合。而王逸所云與僊人游戲者，固未解其説，而徒以其辭爾。若原達生知命，非不習於遠害尊生之道，而終不以易其懷貞之死，則軼彭、聃而全其生理，而況汲汲貪生以希非望者乎？志士仁人，博學多通，而不遷其守，於此驗矣。

悲時俗之迫阨兮，①願輕舉而遠遊。質菲薄而無因兮，②焉託乘而上浮。

阨，與「隘」通。輕舉，輕身高舉。遠遊，遠塵而遊於曠杳。託乘，乘太清之氣也。述己志而自謙，爲發端之辭。

① 原行右有評語：「只一句點睛。」

② 原行右有評語：「即轉。」

遭沈濁而汙穢兮，獨鬱結其誰語？夜耿耿而不寐兮，魂煢煢而至曙。①

遊僊之志，乃遭世不造，孤清無侶，幽憂有懷，思所寄託而寓意也。

① 煢煢，一作「營營」。

惟天地之無窮兮，哀人生之長勤。往者余弗及兮，來者吾不聞。① 步徙倚而遥思兮，怊惝怳而乖懷。意荒忽而流蕩兮，心愁悽而增悲。神儵忽而不反兮，形枯槁而獨留。

幽静之中，思無所寄，因念天地之悠悠無涯，前有古人，後有來者，皆非我之所得見。寓形宇内，爲時凡幾，斯既生人之大哀矣。况素懷不展，與時乖違，愁心苦志，神將去形，枯魚銜索，亦奚以爲？故展轉念之，不如觀化頤生，求世外之樂也。

① 原行右有評語：「陳子昂本此。」

内惟省以端操兮，求正氣之所由。漠虚静以恬愉兮，澹無爲而自得。

惟，思也。端，審也。操，志也。正氣，人所受於天之元氣也。元氣之所繇，生於至虛之中，爲萬有之始，涵於至靜之中，爲萬動之基，沖和澹泊，乃我生之所自得。此玄家所謂先天氣也。守此，則長生久視之道存矣。蓋欲庶幾得之，以回枯槁之形，凝儵忽之神，而舒其迫阨之愁也。

聞赤松之清塵兮，願承風乎遺則。貴真人之休德兮，美往世之登僊。與化去而不見兮，名聲著而日延。奇傅説之託辰星兮，羡韓衆之得一。

「與化去」者，蜕形而往，所謂「尸解」也。「不見」者，人不得見，出入於有無也。相傳傅説上升爲星，在箕、尾、心、房之閒。心爲大辰，故曰「辰星」。聞古之得僊者，赤松也，傅説也，韓衆也，思欲效之。

形穆穆以浸遠兮，離人羣而遁逸。因氣變而遂曾舉兮，忽神奔而鬼怪。時髣髴以遥見兮，精晈晈以往來。絶氛埃而淑尤兮[一]，終不返其故都。免衆患而不懼兮，世莫知其所如。

穆穆，幽遠也。氣變，精化氣，氣化神也。曾，高也。曾舉，謂上升也。神奔，神御氣以往來。鬼怪，陰魄鍊盡，形變不測，所謂太陰鍊形也。晈，與「皎」[二]同。晈晈，炯光瑩徹也。淑尤，美之甚也。如，往也。言如彼衆僊人者，存神御氣，以往來於霄漢，則與濁世相離，去故都而不反。斯安危不以愴心，世莫測其所如，則讒邪不能相害，故欲效之以高舉焉。

恐天時之代序兮，耀靈曅而西征。微霜降而下淪兮，悼芳草之先零。聊仿佯而逍遥兮，永歷年而無成。誰可與玩斯遺芳兮？晨鄉風而舒情。①高陽邈以遠兮，余將焉所程？

耀靈，日也。遺芳，列僊之遺蹟也。鄉，與「嚮」通。高陽，古帝，道與天通者。程，法也。志欲遊僊以蟬蜕汙濁之世，而白日不留，春秋代謝，玩日愒歲，恐終不能成而已衰老，故亟聞道於知者，而古人已邈，無從取法。「重曰」以下，乃言所取程者，唯王喬之明訓。

① 晨，一作「長」。

重曰：春秋忽其不淹兮，奚久留此故居？軒轅不可攀援兮，吾將從王喬而娛戲。

故居，沈濁汙穢之俗也。相傳黃帝鼎成上升，羣臣攀援不及。引此者，亦寓懷王不從諫而自陷危亡，無能匡救之意。王喬，或曰周靈王太子晉，未詳是否，要古之學仙者也。仙術不一，其最近理者爲鍊性保命，王喬之術出於此，如下文所詳言者，蓋所謂「大還」，一曰「金液還丹」是也。

飡六氣而飲沆瀣兮，漱正陽而含朝霞。

此學僊之始事，其術所謂煉己也。六氣，寒冰，溼土，風木，燥金，君、相二火也，於人爲府藏之真氣。飡者，保之於己，不泄用也。沆瀣，北方至陰幽玄之氣。念不妄動，養氣清微，則息不喘急，從踵而發，生於至陰之地也。漱，滌也。正陽，南方曦明之靈，其光內照者也。朝霞，內照不迷，簾帷晃耀，如霞采，因日映雲而發。

保神明之清澄兮，精氣入而麤穢除。

精氣，先天之氣，胎息之本也。麤穢，後天之氣，妄念狂爲之所自生。凝精以除穢，所謂鑄劍也。

順凱風以從游兮，至南巢而壹息。

凱風，南風。南方丹穴，鳳所巢處。南風，生物之風，北則殺也。保精除穢，心融氣怡，學僊者得此，則暫息以候魂魄之澄定而用之，所謂卯酉沐浴也。

見王子而宿之兮，審壹氣之和德。

見王子，謂服王喬之教也。宿，與「肅」通，敬問也。壹氣，老子所謂專氣。東魂，西魄，南神，北氣，中央意，皆含先天氣以存，合同而致一，則與太和長久之德合，所謂三五一也。審者，揀旁門而專求王喬之妙旨。敔案：三五，即河圖中宮之數。道書云：「東三南二還成五，北一西方四共之。」又云：「三五一，萬事畢。」二與三爲五，一與四爲五，合中宮之五，所謂三五。

曰：道可受兮，不可傳；①

「曰」者，王喬之所授。神氣惟意運之，消息持守，心知之而心受之。雖言不親，故學僊者以爲不傳之祕，多隱其辭，託爲龍虎鉛汞交媾之説，使以自悟。

① 原行右有評語：「古今要語，一口道破。」

其小無内兮，其大無垠。

「小無内」者，一身之内，無毫毛非元氣之所察。「大無垠」者，與天地陰陽合體也。

無滑而魂兮，彼將自然。

滑，音骨，亂也。而，汝也。彼，謂魂也。人之有魂，本乎天氣，輕圓飛揚，而親乎上，與陰魄相守，則常存不去。若生神生意以外馳，則滑亂紛紜，而不守於身中，所謂魂升於天、魄降於地而死矣。故曰「太陽流珠，常欲去人」也。以意存神，以神斂魂，使之凝定融洽於魄中，則其飛揚之機息，而自然靜存矣。順之則生人、生物，逆之則成僊，此之謂也。

壹氣孔神兮，於中夜存。

魂生於氣中，水生木也。神生於魂中，木生火也。任其相生而流，則存者寡矣。「壹氣」者，斂魂歸氣而氣盛。「孔神」者，攝神歸魂而不馳于意，則神之存者全也。中夜，所謂冬至子之半也。陰爲氣爲魄，心清魂定，受一陽自生之機，光映靈樞，此之謂中夜，一謂之活子時，一謂之初生之月。於此存之，所謂火候也。

虛以待之兮，無爲之先。

中夜自生之妙，不可以有心先爲將迎，惟虛靜而俟其至，如初月之受光，日自來映。此金液還丹、無功用之秘旨。

庶類以成兮，此德之門。

陽交於陰，就陰之形質體性以發光，而有生有死，惟其順流不還，則陰之所受有量，而陽無必留之心故也。門者，所從出入者也。順之則出，逆之則入，反庶類之所自成，函于中而不出，以保命全性，僊者之術盡此矣。故曰「火生於木，禍發必剋」，生而不已，還成乎剋，唯不知守兑而慎其門也。

聞至貴而遂徂兮，忽乎吾將行。仍羽人於丹丘兮，留不死之舊鄉。

至貴，上所聞之道要也。忽乎，迫欲行之也。既得授修行之術於王喬，遂如其言以行之，下文皆行之之事。仍，效之也。丹丘，南方赤色之丘，神之所存也。留者，止之而不使飛揚也。舊鄉，所受於先天最初之元氣。

朝濯髮於湯谷兮，夕晞余身兮九陽。

湯，與「暘」通。暘谷，日所出，東方，魂所自發也。濯髮，蕩除其紛結之氣。九陽，至陽，九爲太，七爲少，純陽無陰者也。身者，魄之宮。陰淫幽寒，非陽不暖。以太陽晞之，則陰受陽光而化爲陽，如月在望而光滿，有形之質皆靈通晃熠，光透簾帷矣。

漱〔三〕飛泉之微液兮，懷琬琰之華英。玉色頩以脕顔兮，精醇粹而始壯。

飛泉，水上涌也。北方坎水，爲鉛爲氣。魄金生水，則順流而易竭。斂氣歸魂，故爲飛泉逆流而上。琬琰，玉色，西方白虎之章。頩，普經切，美貌。脕，音萬，華澤也。金魄得飛泉之液，養之純粹完美，魄乃壯，可以鈐魂。

質銷鑠以汋約兮，神要眇以淫放。

汋，與「綽」同。要，音邀。要眇，微妙也。魄麗於形質，而爲曜靈之所照，通體光瑩，如圓月，但見其光，不見有質。此金虎化氣之象，其光閃爍澹宕，如金鎔於冶，綽約而不滯。魄既綽約，神將來處。要眇輕微，自南徂西，化滯爲靈，相與淫泆。

嘉南州之炎德兮，麗桂樹之冬榮。

神依魄以常存，則魄無幽滯，枯木生花，形皆靈化，如桂樹冬榮，無凋瘁矣。神屬南方朱鳥，其德炎上，故曰南州。

山蕭條而無獸兮，野寂漠其無人。載營魄而登霞兮，掩浮雲而上征。

營，魂也。精金在冶，渣滓不留，曠然清虚，人獸絶迹，於是以神氣載魂魄，乘雲霞，以與天通，輕舉之始效也。

命天閽其開關兮，排閶闔而望予。召豐隆使先導兮，問太微之所居。

老子曰「天門開闔」，謂心意識也。望予，内視也。太微，在紫微之南，天市之北，中宫也，爲戊己土，乃水、火、金、木之樞，故謂之黄婆。鈐魂映魄，專氣存神，皆以此之開闔爲用，故謂之媒。召豐隆先導，收氣以内求心也。

集重陽入帝宮兮，造旬始而觀清都。

魂，陽也。魄，陰也。青龍，與白虎配合。虎受龍施，化而爲陽，曰「重陽」。帝宮，太微之宮。心意識含光内照，重陽入帝宮矣。旬始，十日之首，甲乙木也。以意存魂，歷乎三宮，神、氣、魄皆清静不擾，故曰「清都」。

朝發軔於太儀兮，夕始臨乎微閭。①

微，與「尾」通。尾閭，海水歸原之穴，於人爲踵息之藏。太儀，天庭，所謂上有黄庭也。以意御四神，周歷乎身之上下，上徹至陽之原，下入至陰之府。朝、夕，順陰陽之候也。

① 微閭，一作「於微閭」，一作「微母閭」。「於」字，舊作衍文。

屯余車之萬乘兮，紛溶與而竝馳。駕八龍之婉婉兮，載雲旗之逶蛇。建雄虹之采旄兮，五色雜而炫燿。服偃蹇以低昂兮，①驂連蜷以驕驁。

溶，與「容」通。逶蛇，音威夷，曲折自如貌。佤，古「低」字。此皆言心意御神氣以行，遊歷上下，五官百節，皆爲靈飛之狀。竝馳，神氣合一也。雄虹，對「雌蜺」而言，蒼龍之光采也。五色雜者，東三、南二、北一、西四，與中宫五，合而朝元也。服馬，中央土也。驂馬，左右金木之精也。低昂、驕驁，壯盛自得也。

①原行右有評語：「妙于形容。」

騎膠葛以雜亂兮，斑曼衍而方行。

膠葛，纏綿相雜錯貌。斑，從行之衆列。漫衍，從游衆盛貌。學僊之術，凡有數進。前云「漱飛泉」、「懷琬琰」、「歷南州」者，乃調氣以歸魄而鈐魂，所謂「虎吸龍精」也。自此以下，進用黄婆爲媒，配龍於虎，故始於句芒，終於玄冥，然後合三、二、一、四於中五，而萬事畢也。意之爲用，嬋媛微至，不沈不掉，周遊四宫，如列騎序班從王，雍容而游衍無方焉。方行，始行也。意用方行，以黍米之丹爲大還之藥，功之始也。

撰余轡而正策兮，吾將過乎句芒。歷太皓以右轉兮，前飛廉以啟路。陽杲杲其未光兮，淩天地以徑度。風伯爲余先驅兮，氛埃辟而清涼。鳳皇翼其承旂兮，遇蓐收乎西皇。

句芒，東方之神太皓，一作「皞」，東方帝也。右轉，嚮西也。飛廉，東南巽風之神。杲杲未光者，西魄之光未圓也。天地，中宮、天五、地十之全體。自東而西，不復遲回，故曰「徑度」，無勞用意也。辟，與「避」同。鳳翼乘旂，翱翔自得貌。蓐收，西方之神。西皇，西帝少皞。言神復言帝者，天神合一也。此謂以東木之精注於西金，龍吞虎髓也。始於以魄鈐魂而有功用，至此以魂映魄，如日映月，自然圓滿，氛埃自辟，清涼自生，無絲毫之翳障矣。

擥彗星以爲旍兮，舉斗柄以爲麾。叛陸離其上下兮，游驚霧之流波。旹曖曃其曭莽兮，召玄武而奔屬。

叛，散也。曖曃、曭莽，北方幽玄之氣。玄武，北方之神，真鉛之氣也。龍虎配合，真鉛之氣應之，從吾指麾，如驚流波，氤氲惝怳，散於百脈，此刀圭入口之效。

後文昌使掌行兮，選署衆神以竝轂。路曼曼其修遠兮，徐弭節而高厲。左雨師使徑侍兮，右雷公以爲衛。

文昌，六星，在北斗前，天之六府。厲，渡也。大還已成，神遊超渡，出有入無，而天地風雷在其掌握矣。

欲度世以忘歸兮，意恣睢以担撟。①内欣欣而自美兮，聊媮娛以自樂。②涉青雲以汎濫〔四〕兮，忽臨睨夫舊鄉。僕夫懷余心悲兮，邊馬顧而不行。思舊故以想像兮，長太息而掩涕。氾容與而遐舉兮，聊抑志而自弭。

担，音膽。担撟，高舉也。懷，念也。大還已成，刀圭入口，將度世上升，不復游於人間，乃回顧故國，不忍即去，復抑志弭節，遲回於世，以寄其憂國望治之情。蓋其憤世疾邪，厭時俗之迫阨而思遊僊者，弗獲已之心；而還念丹成以後，仍有不忍去者，素懷之不昧者也。

① 撟，一作「矯」。

②自樂，一作「淫樂」。

指炎神而直馳兮，吾將往乎南疑。覽方外之荒忽兮，沛罔象而自浮。①

炎神，南方朱雀，真汞之精，則神是也。南疑，神者疑有疑無者也。荒忽，寥廓之謂。言既未遐舉上升，棲遲人閒，而修鍊不輟，又復加進，龍虎既合，而不死之道得。所以養太和而極變化者，則在調伏鉛汞。蓋魂魄本夫妻，則絪緼而搆精自易，吸精吞髓，雖無運用，而有密功；神至清而氣至濁，有無不相爲用，而絪緼無閒，功用全無。自然湊合，乃保合大還之極致也。

①罔象，一作「潤瀁」。

祝融戒而還衡兮，騰告鸞鳥迎宓妃。張咸池奏承雲兮，二女御九韶歌。使湘靈鼓瑟兮，令海若舞馮夷。玄螭蟲象竝出進兮，形蟉虯而逶蛇。雌蜺便娟以增撓兮，鸞鳥軒翥而翔飛。

祝融，南方之神，謂真汞也。衡，南嶽，炎神之宫。戒而還衡者，神止其宫也。宓，音伏。宓妃，水神，謂真鉛氣也。氣不可施功，唯神存而氣自至，故曰「迎」。「玄螭」以下，皆言舞態。蟲象，未詳，「象」疑當作「豸」，或兼小大而言，小如蟲，大如象，皆應舞節也。增撓，增高而危撓也。言神常抱一，汞不流，而真鉛之氣自合。祝融不往，宓妃自來，太和絪緼，歌舞妙麗，白玉蟾所謂「日日與君花下醉，更愁何處不風流」也。

音樂博衍無終極兮，焉乃逝以俳佪。舒并節以馳騖兮，逴絶垠乎寒門。軼迅風於清源兮，從顓頊乎增冰。

焉乃，猶言「於是」。俳，與「徘」同。并節，總轡也。寒門，北方氣之府也。顓頊，北帝。增冰，至陰之積，後天之氣也。神和而氣應，神乃入氣之中，而化氣爲神矣。蓋以後天氣接先天氣者，初時死汞之功；以先天氣化後天氣者，渾淪自然之極。至此，則神運無垠，迅風不足以喻其神速，而顓頊之增[五]冰皆契合乎祝融之炎德。自兹以往，唯用一色真鉛，出入天根月窟，而龍、虎、嬰兒皆虚設之名矣。

歷玄冥以邪徑兮，乘閒維以反顧。召黔嬴而見之兮，爲余先乎平路。

玄冥，北方之神，氣之母也。邪逕，猶言枉道。閒，上下四方爲六閒。維，四隅爲四維。黔嬴，雷神。天地之閒，一氣而已，亘古今，通上下，出入有無，而常存者也。氣化於神，與天合一矣。然僊者既已生而爲人，而欲還於天，故必枉道回執天氣，以歸之於己；乘天之動幾，盜其真鉛，反顧而自得。陰符經所謂「天地，人之盜」，勿任天地盜己而己盜天，還丹之術盡於此矣。造化在我，乃以翺翔於四荒、六合而不自喪。雷者，陽出地中，陰中之陽，人之天也。故乘其動幾而以襲先天氣母。

經營四荒兮，周流六漠。上至列缺兮，降望大壑。

龍虎合，鉛汞化，至此而天元之氣輕微杳忽，經營以無所經營，自然周流於上下四方，無有窒礙矣。列缺，電也。至者，電之所至亦至也。大壑，海也。天地之氣可至者，神氣皆可至，而變化在我也。

下崢嶸而無地兮，上寥廓而無天。視儵忽而無見兮，聽惝怳而無聞。超無爲以至清兮，與泰初而爲鄰。

化至陰爲重陽，則下之崢嶸者，銷鎔而無地；盜真鉛於在己，則上之寥廓者，非此外之有天。視徹乎儵忽，物本無象也，而何有見？聽察乎惝怳，化本無聲也，而何有聞？莊生所謂「有真君存焉，而不得其朕」者也。無爲者，天之所以爲天，道之所以道也。超之者，知其無爲，而盜之在己，則凡濁皆清，而形質亦爲靈化。此重玄之旨，不執有，不墮無，虚無之所以異於寂滅者也。泰初，氣之始。其上有太始、太素、太易。但與泰初爲鄰者，不急翀舉，乘元氣，御飛龍，而出入有無也。屈子厭穢濁之世，不足有爲，故爲不得已之極思，懷僊自適，乃言大還既就，不願飛昇，翺翔空際，以俟時之清，慰其幽憂之志。是其忠愛之素，無往而忘者也。及乎頃襄之世，竄徙亟加，國勢日蹙，雖欲退處遊僊，而有所不得，懷沙悲回風之賦作，而遠游之心亦廢矣。彼一時，此一時也。此篇之旨，融貫玄宗，魏伯陽以下諸人之説皆本於此。迹其所繇來，蓋王喬之遺教乎！

【校勘記】

[一] 康熙本有校文：「絶，一作『超』。」

〔二〕「晈與皎」，原作「皎與晈」，據康熙本改。

〔三〕漱，補注、集注作「吸」。

〔四〕「濫」下，補注、集注有「遊」字。

〔五〕增，康熙本作「曾」。

卷六

卜居

卜居者，屈原設爲之辭，以章己之獨志也。居，處也。君子之所以處躬，信諸心而與天下異趨。澄濁之辯，粲如分流；吉凶之故，輕若飄羽；人莫能爲謀，鬼神莫能相易。恐天下後世且以己爲過高而不知俾躬處休之善術，故託爲問之蓍龜而詹尹不敢決，以旌己志，因窮奔叜病國之情狀，示憎惡焉。而王逸謂其「心迷意惑，不知所爲……冀聞異策」，其愚甚矣！

屈原既放，三年不得復見。竭知盡忠，而蔽鄣於讒。心煩慮亂，不知所從。

大夫不用，自次于郊以待命。君不賜環，謂之曰「放」。此蓋懷王時，原去位，居漢北事。

原非無定志，迷于所從者，蓋極思辱人賤行之爲，不忍從也。

往見太卜鄭詹尹，曰：「余有所疑，願因先生決之。」詹尹乃端筴拂龜，曰：「君將何以教之？」

端，整也。拂，拭也。教，命蓍龜之辭。太卜，爲國掌卜筮之官，自應不離國中官守。原放在外，何以得見？且卜則不筮，筮則不卜，而兼言端策拂龜，其爲託辭明矣。

屈原曰：「吾寧悃悃款款朴以忠乎？將送往勞來斯無窮乎？

勞，去聲。不忠於國，則唯奔走於勢要。勢盛則趨之，勢衰則謝之，環轉去來，終身不疲。

寧誅鋤草茅以力耕乎？將游大人以成名乎？

不用則退耕于野，異于當時之游士旦秦莫楚以取卿相。

寧正言不諱以危身乎？將從俗富貴以媮生乎？寧超然高舉以保真乎？將哫訾栗斯喔咿嚅唲以事婦人乎？①

媮，與「偷」同。高舉，去位遠惡人也。真，與「貞」同，正也。哫，音足。訾，音資。嚅，音儒。唲，音兒。哫訾，言有畏而不敢盡。栗斯，脅肩蹋蹐，畏得罪貌。喔咿，媚聲。嚅唲，媚辭。婦人，邪佞之人，無遠慮而喜人媚己者。

①栗，一作「粟」。嚅唲，一作「儒倪」。

寧廉潔正直以自清乎？將突梯滑稽如脂如韋以潔楹乎？①

犬竇曰突。從突而入，緣梯而登，鑽穴踰牆之謂。滑，音骨。滑稽，酒注也，辨言不窮，如傾注也。潔，與「絜」通。毁方爲圓，如匠者絜度楹柱，必欲其圜也。

①潔，一作「絜」。

寧昂昂若千里之駒乎？將汜汜若水中之鳧與波上下偷以全吾軀乎？

鳧隨波上下，以苟避矰弋，不能昂首而行其志。

寧與騏驥亢軛乎？將隨駑馬之迹乎？寧與黄鵠比翼乎？將與鷄鶩爭食乎？

亢，與「伉」同，竝也。軛，轅端駕馬木。與良馬同軛相幷，則行必齊力。鵠有二音：音斛者，小鳥；音谷者，大鳥，一舉千里。君子得志，則與伊、呂同功；不得志，則與彭咸、伯夷同死。非是，則下比小人，與貪利養而已。

此孰吉孰凶？何去何從？

吉凶因時，去從在己。去從之不審，吉凶亂之也。

世溷濁而不清，蟬翼爲重，千鈞爲輕；黄鍾毁棄，瓦缶[二]雷鳴；讒人高張，賢士無名。吁嗟默默兮，誰知吾之廉貞！」

釜鳴，不祥之聲。讒佞之言，爲國禍徵也。既云疑問，又復自歎，人不能知，求信於鬼神也。

詹尹乃釋策而謝，曰：「夫尺有所短，寸有所長；物有所不足，

蓍龜雖神物，而既不能止濁世之亂，抑不能屈賢者之操。

智有所不明；

卦之德方以智，而人自決於心者，不能代之謀。

數有所不逮，

數所可及者，否泰之相乘、禍福之相反而已。天何以不佑君子？不測之變也，非數所可求。

神有所不通。

蓍之德圓而神，而忠貞篤於天性，神不能通其所窮。

用君之心，行君之意，龜策誠不能知此事。」

所從既決，自必逢凶。神不導人以凶，而尤不詔人以不義。君子自行其志，亢龍雖有悔，而不失其正，鬼神不能與，而況於人乎？

【校勘記】

［一］缶，補注、集注作「釜」。楊按：釋文作「釜」。

卷七

漁父

漁父者，屈原述所遇而賦之。江漢之間，古多高蹈之士，隱於耕釣，若接輿、莊周之流，皆以全身遠害爲道。漁父，蓋其類也。閔原之忠貞，將及於禍，而欲以其道易之。原感而述之，以明己非不知此，而休戚與俱，含情難忍，修能已夙，素節難汙，未嘗不知冥飛、蠖屈者之笑己徒勞，而固不能從也。

按：漢水東爲滄浪之水，在今均州武當山東南。漁父觸景起興，則此篇爲懷王時退居漢北所作可知。孟子亦載此歌，蓋亦孔子自葉、鄧適楚時所聞漢上之風謠也。

屈原既放，游於江潭，行吟澤畔，顏色憔悴，形容枯槁。漁父見而問之曰：「子非三閭大夫與？何故至於斯？」

南人通謂大水曰江。潭者，水之深處。

屈原曰：「舉世皆濁我獨清，衆人皆醉我獨醒。是以見放。」

没於寵利曰濁，瞀於安危曰醉。

漁父曰：「聖人不凝滯於物，而能與世推移。世人皆濁，何不淈其泥而揚其波？衆人皆醉，何不餔其糟而歠其釃？何故深思高舉，令自放爲？」

凝者，如冰之停，堅而不釋。滯，如水之塞，阻而不通。物，事也，謂己所執持之志事也。推，他回切。推移，隨所處而可也。淈，撓亂之也。揚其波者，與之俱流。釃，力支切，濁酒汁也。莊子所謂「彼且爲嬰兒，吾亦與之爲嬰兒」，且以遠其害也。

屈原曰：「吾聞之，新沐者必彈冠，新浴者必振衣。安能以身之察察，受物之汶汶者乎？寧赴湘流，葬於江魚之腹中，安能以皓皓之白，而蒙世[一]之塵埃乎？」

彈之、振動，皆以去塵。己潔，則不欲物汙之也。汶，音門。汶汶，昏昏也。

漁父莞爾而笑，鼓枻而去，乃歌曰：「滄浪之水清兮，可以濯吾纓。滄浪之水濁兮，可以濯吾足。」遂去，不復與言。

滄浪之水，初夏漲則濁，秋杪水落則清，因時而異。善用者因之，濁亦可以濯足。君子遇有道則行吾志，無道則全吾身，何凝滯之有哉？不復與言，道異不相爲謀也，久矣。

【校勘記】

[一]「世」下，補注、集注有「俗」字。

卷八

九辯

王逸曰：「九辯者，楚大夫宋玉之所作也……宋玉者，屈原之弟子也。閔惜其師忠而放逐，故作九辯以述其志。」

按：九者，樂章之數。凡樂之數，至九而盈，故黄鍾九寸，寸有九分。不具十者，樂主乎盈，盈而必反也。舜作韶而九成，夏啟則九辯、九歌以上儐於天。故屈原九歌、九章皆倣此以爲度，而宋玉感時物以閔忠貞，亦仍其製。辯，猶「遍」也，一闋謂之一遍。蓋亦效夏啟「九辯」之名，紹古體爲新裁，可以被之管絃，其詞激宕淋漓，異於風雅，蓋楚聲也。後世賦體之興，皆祖於此。玉雖俯仰昏廷，而深達其師之志，悲愍一於君國，非徒以阨窮爲怨尤，故嗣三閭之音者，唯玉一人而已。

悲哉秋之爲氣也！①蕭瑟兮艸木摇落而變衰，憭慄兮若在遠行，登山臨水兮送將歸。

因時而發歎也。人之有秋心，天之有秋氣，物之有秋容，三合，而懷人之情悽愴不容已矣，故爲屈子重悲焉！蕭瑟，蕭條而索盡也。憭慄，不忍其摇落之情也。艸枯木脱，變蒼翠爲萎黄。登山臨水，見其辭枝而孤飛，隨風飄墜，若臨岐送遠，行者邁而居者獨也。

① 原行右有評語：「古今絶唱，在形容之外，别有霏微。」

泬寥兮天高而氣清，宋廫兮收潦而水清，憯悽增欷兮薄寒之中人。

泬寥，高曠貌。宋廫，與「寂寥」同，波聲幽悄也。中，如字，入之深也。氣清則天見其高，潦竭而水清以寂，薄寒襲肌，不言悲，而孤曠無聊之情在矣。

愴怳懭悢兮去故而就新，坎廩兮貧士失職而志不平。廓落兮羈旅而無友生，惆悵兮而私自憐。

懭，口廣切。悢，音朗。坎，窪下也；廩，積高也；高下不平貌。薄寒中人，感蕭森而愴怳，天高水清，覽曠寂而懭悢，去故就新，江山之容非舊，失職羈旅，離羣無友，遷客自憐之情，適與風景相會，益動其悲。玉代爲屈子思，而念其憔悴也如此。

燕翩翩其辭歸兮，蟬宋漠而無聲。鴈廱廱而南遊兮，鵾雞啁哳而悲鳴。

廱，與「噰」通。鵾雞，當作「莎雞」。秋聲之形於蟲鳥者如此，或寂或鳴，皆增悲切。

獨申旦而不寐兮，哀蟋蟀之宵征。時亹亹而過中兮，蹇淹留而無成。①

征，哀吟而將伏也。亹亹，不窮於去也。過中，歲過中也。日月已逝，忠貞不達，勳名不立，如之何弗悲？此章以秋容狀逐臣之心，清孑相若也，宋漠相若也，憯慄相若，遲暮相若也。九辯之哀，此章爲最，不待詳言所以怨，而怨自深矣。

①原行右有評語：「一句含無盡。」

右一

悲憂窮戚兮獨處廓，有美一人兮心不繹。去鄉離家兮徠遠客，超逍遥兮今焉薄？

廓，寥廓也。不繹，猶言無緒。徠，一作「來」。客，寓也，自國都來寓曠野也。薄，與「泊」通，止也。有美一人，謂屈子。來處於寥廓之野，悲戚無緒，今且不知其何所棲泊。此宋玉思屈子之辭。

專思君兮不可化，君不知兮可奈何？蓄怨兮積思，心煩憺兮忘食事。

此下述屈子忠愛之心，而哀之也。化，變。憺，動也。思君之情，歷變不渝，而君不知，故當食忘食，臨事忘事，其誠悃有如此者。

願一見兮道余意，君之心兮與余異。車既駕兮朅而歸，不得見兮心傷悲。倚結軨兮長太息，涕潺湲兮下霑軾。

朅，去也。結軨，車箱橫木。屈子當懷王之世，雖放而不用，退居漢北，然猶一致事之大夫，故可駕車歸國，欲見君而陳己志。乃君不悦己，讒人間之，不得召見，故去而旋歸，伏軾而涕零，所謂「可奈何」也！

忼慨絕兮不得，中瞀亂兮迷惑。私自憐兮何極？心怦怦兮諒直。

忼慨，謂讒佞之人言無所忌者。讒人相踵，不可殄絕；君心迷亂，終不己聽。諒直之心，自憐而已。歸國無期，終于飄泊，今且安所棲止乎？

右二

皇天平分四時兮，竊獨悲此廩秋。

廩，「凜」通。放逐之臣，危亂之國，其衰颯遼戾，皆與秋而相肖，故九辯屢以起興焉。

白露既下百艸兮，奄離披此梧楸。

奄，忽也。離披，葉萎而不振翕，欲脱無聊之狀。

去白日之昭昭兮，襲長夜之悠悠。①

襲，重也。晝恒陰而夜益永也。

① 原行右有評語：「實景耳，自然，寄愁曠遠。」

離芳藹之方壯兮，余萎約而悲愁。

壯，盛也。約，少也。余，艸木自余也。芳菲藹茂，所存無幾，有愁悴之色焉。

秋先戒以白露兮，冬又申之以嚴霜。收恢台之孟夏兮，然欿傺而沈藏。

台，音怡。恢台，盛大而潤悦也。收，隱而不知所往也。然，若然也，猶言如是。欿，與「坎」通，陷也。傺，止也。恢台條而萎約，繇衰思盛，繇舍思用，追憶而不可復得，若有沈埋而蔽藏之者。

葉菸邑而無色兮，枝煩挐而交横；顔淫溢而將罷兮，柯彷彿而萎黄；萷櫹槮之可哀兮，形銷鑠而瘀傷。

邑，音邑。菸邑，黯蔽也。煩挐，參差相拒貌。葉落枝横，無復團欒，但見其相撑拒爾。顔，枝葉之容。淫溢，浸漸也。罷，盡也。萷，與「梢」同，樹杪也。櫹槮，無葉孤存而劃空貌。銷鑠者，嚴霜迫之使耗也。

惟其紛糅而將落兮，恨其失時而無當。

惟，思也。紛糅，敗葉衰艸相雜委也。當，遇也。因今之已衰，恨昔之未能乘時而玩其芳藹。

擥騑轡而下節兮，聊逍遥以相佯。

騑，服馬。下，按也。節，策也。相佯，與「徜徉」通。前寫秋容，此下乃言游覽者之秋懷。

歲忽忽而遒盡兮，恐余壽之弗長。①

遒，迫也。余，代屈子自稱。摧殘者不可以久延，如歲之欲暮，過時不用，行將萎折矣。

①長，一作「將」。

悼余生之不時兮，逢此世之俇攘。①

佂攘，與「劻勷」通，遑遽也。國勢日蹙，救亡不逮也。

①佂，音匡，一作「邼」，一作「恇」。攘，一作「躟」。

澹容與而獨倚兮，蟋蟀鳴此西堂。心怵惕而震盪兮，何所憂之多方？卬明月而太息兮，步列星而極明。

澹，孤寂也。倚，徙倚於櫓楹也。卬，與「仰」通。主昏國危，如秋欲暮，感此百憂俱集。月明星皎，窮愁炯炯，欲告無從。知屈子之心有如此之耿然者。敔按：極，至也。明，曉也。至於天曉也。

右三

竊悲夫蕙華之曾敷兮，①紛旖旎乎都房。何曾華之無實兮？從風雨而飛颺。

都，美也。都房，猶言華屋。陳嘉謨於君，亦既以我爲美而欲用之矣；而爲讒佞所搖，不復有舉行之實。

以爲君獨服此蕙兮，羌無［一］異於衆芳。

① 原行右有評語：「再以高吟振起。」

屈子之始願，謂君詘羣言而用己，與三五同道，則何弗與王霸同功？

閔奇思之不通兮，將去君而高翔。

奇思，曲盡事變之思。不通，君不相喻，有異心也。將，請也，音鏘。此謂當懷王時諫不用而自放於漢北。

心閔憐之慘悽兮，願一見而有明。重無怨而生離兮，中結軫而增傷。

閔憐，懷王之將陷於危亡也。無怨，無取怨於君之道也。去國之後，情不自已，復思見君而明言禍至之無日，乃日以浸疏，讒人益逞。君無嫌怒之心，而終不得見。

豈不鬱陶而思君兮？君之門以九重。猛犬狺狺而迎吠兮，關梁閉而不通。

所以無怨而生離者在此。九重者，言如天之高，不可升也。舊注：天子門有九重，謂關門、遠郊門、近郊門、城門、臯門、庫門、雉門、應門、路門。

皇天淫泆而秋霖兮，后土何時而得漧？塊獨守此無澤兮，仰浮雲而永歎。

讒佞益張，敵謀益狡，國勢漂摇，四顧而無寧土，一如秋霖之瀇滰矣。乃塊然困處於荒蕪沮澤之中，不知自拔。浮雲無開霽之期。曾不悔過，而猶縱吠犬以阻忠告，所爲結軫而增傷也。漧，古「乾溼」字。無，「蕪」通。

右四

何時俗之工巧兮，

自詑工巧爾。

背繩墨而改錯。卻騏驥而不乘兮，策駑駘而取路。當世豈無騏驥兮？①誠莫之能善御。見執轡者非其人兮，故駶跳而遠去。

駶跳，横奔而去也。非無賢而不用，古今敗亡之通軌，懷王父子以之。

①原行右有評語：「抽出三折。」

鳧鴈皆唼夫梁[二]藻兮，鳳愈飄翔而高舉。圜鑿而方枘兮，吾固知其鉏鋙而難入。

鑿，在到切。鉏鋙，如鋸齒之相拒也。小人營私利，則君子必退；君喜邪佞，則法言自不相入。此騏驥之所以必遠也。

衆鳥皆有所登棲兮，鳳獨遑遑而無所集。願銜枚而無言兮，嘗被君之渥洽。

遑遑無集，去位而飄泊於野也。所以致此者，以直言盡辭，愠於羣小，而見惡於君。夫豈不知默以取容？懷恩不忍也。屈子初爲懷王倚任，將用其謀，故騷經云「黄昏以爲期」，君臣之初洽可知已。

太公九十乃顯榮兮，誠未遇其匹合。

九十者，太公封齊之年。早不遇者，避紂也。言已知不用，而必言者，今雖不用，冀有見用之日。

謂騏驥兮安歸？謂鳳皇兮安棲？

時人怪屈子之違衆而不安於其位，故詰其無以自處。

變古易俗兮世衰，今之相者兮舉肥。騏驥伏匿而不見兮，鳳皇高飛而不下。鳥獸猶知懷德兮，①何云賢士之不處？

相者舉肥，謂世俗所喜夸詐施張之游士如相者，但稱揚肥澤之人，不論其骨法之清濁。此答詰己安歸者。言君子不求容悦，無德可懷，則去之，何云賢士之樂於退隱而不處其廷哉？前言感知遇而不能默，此抑云非德可懷則不處，蓋原退而自廢於漢北之時，心在君國而身不屈，其兩難之懷如此，故反覆互明之。

①懷，一作「褭」。懷，思也。褭，抱也。

驥不驟進而求服兮，鳳亦不貪餧而妄食。①君棄遠而不察兮，雖願忠其焉得？

餧，飼也。去國之後，日以疏遠。君終不察，義不可以干禄，則願處位以納忠，不可得矣。

①餧，於僞反。

欲寂漠而絶端兮，竊不敢忘初之厚德。獨悲愁其傷人兮，馮鬱鬱其何極？

絶端，謂一意隱遯，不思復進，念不萌而事無望也。馮，情所依也。又言然雖退遠，不求再用，乃渥洽之恩，終不忍忘，故雅意以懷僊，究沈憂而誓死。此章來回展轉，曲寫屈子兩端之情，辭若複而意自屬。非宋玉相知之深，未能深體而形容之如此。洪興祖本連下至「未達乎從容」爲一章，今依舊本。

右五

霜露慘悽而交下兮，心尚㚔其弗濟。霰雪雰糅其增加兮，乃知遭命之將至。

㚔，古「幸」字。濟，成也。謂禍之已成，如屮木之已成乎凋落也。雰，雪下貌。雪既雰，而又雜糅以霰，寒極而隕落無餘也。此言楚國垂危，憯不知畏，逮及禍之已深，救患無術，賢士雖欲挽回，而不可得矣。

願儌幸而有待兮，泊莽莽與壄艸同死。

泊，疑「洎」字之誤，及也，舊注「止也」。坐而偷安，日就危蹙，幸不可儌，勢終萎敗。此楚君臣平日苟且之情也。

願自往而徑遊兮，路壅絶而不通。

徑，邪徑也。禍之將至，忿而思逞，欲以孤力而抗强鄰，堅不可拔，退而自窮。此臨事僨起之情也。

欲循道而平驅兮，又未知其所從。

屈子初約齊楚之交以禦秦難，張儀以連衡破之，屈子以此見黜。及齊交已絶，鄰國不親，雖欲循其道而不能矣。

然中路而迷惑兮，自厭桉而學誦。

然，惟然也。桉，與「按」同，抑也。偷安不能，獨力不任，合從無從，岐路迷惑，大命將傾，道謀囁嚅，如童子之學誦，不審所謂也。

性愚陋以褊淺兮，信未達乎從容。

有賢不用，愚陋也。忿疾狂遑而不念危亡，褊淺也。從容者，憂之於閑暇，而蚤爲固本自彊之術也。無他，得賢而任之，使安危有可憑而已。未達於此，時世之不固，審矣。此言楚之昏昧，下乃述屈子忠直之志。

竊美申包胥之氣盛兮，①恐時世之不固。

時世，當時之國勢也。包胥存楚，必死之氣壯也，以國之不固爲憂，故忘其死。今屈子慕其風而同其情，洞見國事之非，而早爲之慮。

①盛，一作「晟」。

何時俗之工巧兮，滅規榘而改鑿。

鑿，在到反，相函持之路也。時勢之不固，邪佞之狂悖爲之。

獨耿介而不隨兮，願慕先聖之遺教。處濁世而顯榮兮，非余心之所樂。與其無義而有名兮，寧窮處而守高。食不媮而爲飽兮，衣不苟而爲温。竊慕詩人之遺風兮，願託志乎素餐。

獨，屈子獨也。名，位也。媮，與「偷」同。詩人，伐檀之詩，託志素餐，以素餐爲耻。此明屈子之志與先聖之心合轍，不鶩於富貴，唯守義以行，可貧可賤，固可生而可死，其情固，其氣盛，是無媿於申胥之美，而可恃以存楚者也。

蹇充倔而無端兮，泊莽莽而無垠。

向也。倔，與「詘」通。禮儒行：「不充詘於富貴。」言自滿而心志詘，不復更有他圖也。泊，無定向也。言楚之君臣，偷安徼幸，莽罔妄行，不念初終，無可倚恃，僅一屈子，而奈何不急用之？

無衣裘以禦冬兮，恐溘死不得見乎陽春。①

衣裘以禦冬，貞臣以禦難，故申胥者，楚昭之以禦寒也。屈子之慕先聖、謹名義，懷王父子之以禦寒也。褫而凍死，尚誰憐之？

①原行右有評語：「危詞。」

靚杪秋之遥夜兮，心繚悷而有哀。

承上而言。貞臣廢棄，國無與立，秋盡宵長，哀悼不容自已，如下文所云。洪興祖本自此以下別爲一章，今從舊本。

春秋逴逴而日高兮，然惆悵而自悲。四時遞來而卒歲兮，陰陽不可與儷偕。白日晼晚〔三〕其將入兮，明月銷鑠而減毁。歲忽忽而遒盡兮，老冉冉而愈弛。

逴逴，行愈遠也。春秋日高，老也。然，惟然也。春夏爲陽，秋冬爲陰，四時無竝盛之理，陽盡則陰生，衰王相乘，日中則仄，月滿則虧，人壯則老，國久則必危，危則必亡。楚自熊繹以來，繇盛而衰、繇衰而亡之期將至，讒佞行而忠貞棄，尤趨於必亡之勢矣。而心愈縱弛，改繩墨以施枘鑿，棄衣裘以禦祁寒。静夜思之，彼不自哀，而能勿爲之哀乎？

心摇悦而日幸兮，然怊悵而無冀。

當其偶無危逼，或乍獲小利，或甘言見誘，則摇惑而自據爲悦，以幸苟安。惟然而禍不可揜，猝聞釁難，則怊悵不知所出。懷王聽張儀而受秦欺，無非初悦而終憂。亡國人情，大率如此；不如此，不足以亡。老而愈弛，小喜誤之也。

中憯惻之悽愴兮，長太息而增欷。年洋洋以日往兮，老嵺廓而無處。

廫，與「寥」通。處，侶也。國勢日衰，盈廷皆賣國之人，無可與處者，所謂不信仁賢則國空虛者也。猝有昭王之難，誰爲申胥？能勿爲之太息乎？

事亹亹而覬進兮，蹇淹留而躊躇。

亹亹，進而不已也。國日望東而遷，敵日乘虛而進，秦不覆楚不止。奄奄之息，僅留一綫，躊躇待盡而已。忠貞斥逐，孰爲申胥救諸喪敗之餘乎？大命將至，亦末如之何也。此章，宋玉體屈子之志，不但爲屈子放逐哀，抑爲楚之危亡哀。而爲屈子哀者，正在於此。

右六

何氾濫之浮雲兮，猋壅蔽此明月！忠昭昭而願見兮，然露曀而莫達。願皓日之顯行兮，雲蒙蒙而蔽之。竊不自聊而願忠兮，或黕點而汙之。

霒，當作「霕」，與「侌」同。聊，止也。黕，滓垢也。點，墨染白也，若靳尚譖屈子泄國憲於人之類。計當日之誣汙者非一端，後不傳耳。

堯舜之抗行兮，瞭冥冥而薄天。何險巇之嫉妒兮，被以不慈之僞名。彼日月之照明兮，尚黯黮而有瑕。

瞭，明也。瞭冥冥，無幽不燭也。黮，音膽。黯黮，暗影也。日有闇虛，月有疏影，俗謂桂樹、蟾兔者是也。雖甚盛德，不能無瑕之可指。

何況一國之事兮，①亦多端而膠加。

屈子入奉諷議，出參大政，應對諸侯，掌輯三族。事既膠附相加，不能無小疏失，且小屈大伸，略彼全此，皆可爲媒孽之端。讒人乘之，言之有故。自非明主，曲諒忠貞而專大節，宜其不察也。此章申理屈子被誣之故。

①原行右有評語：「亢爽以收之。」

右七

被荷裯之晏晏兮，①然潢洋而不可帶。

裯，音刁[四]。袛裯，短衣也。晏晏，色盛可觀貌。潢洋，音晃養，披散不着體貌。帶，束也。以荷葉爲衣而服之，非不晏晏，而侈張脃薄，束之則裂。辯言亂政，亦足誘人，而責之以實，則滅裂有似乎此。

①原行右有評語：「形容妙。」

既驕美而伐武兮，負左右之耿介。憎愠惀之修美兮，好夫人之慷慨。衆踥蹀而日進兮，美超遠而逾邁。

武，勇也。負，矜衒自負也。愠惀，含畜深思也。夫人，謂左右之臣。慷慨，大言無慙也。美，謂賢士。超遠，引身遠去也。言君既驕伐不受善，而左右之臣又飾不忠爲忠，自負耿介，大言无忌，若慷慨任事而無難。故屈子惻悱深至之美，不能敵其夸毗，所以佞人日進，而屈子斥遠也。

農夫輟耕而容與兮，恐田野之蕪穢。

茂艸之悲，農夫知之，而同昏之君臣不知。

事緜緜而多私兮，竊悼後之危敗。

緜緜，前後相續也。多私，黨人恤利而忘君也。亡國之臣，亦有淵源，呂惠卿之姦，傳於蔡京。一小人不足以戕數十傳之國家，靳尚之續，復爲靳尚，是以危敗不可瘳，古今一轍也。

世雷同而炫曜兮，何毁譽之昧昧！今修飾而窺鏡兮，後尚可以竄藏。①願寄言夫流星兮，羌儵忽而難當。卒壅蔽此浮雲兮，下暗漠而無光。

前後相續，既師承以延惡；一時交煽，又聚黨以文姦。顛倒忠邪，無所顧忌。使其飾容臨鏡，照其不浧之鬚眉，禍中國家，身將焉往？其尚可以竄藏乎？飛廉之所以戮於周，宰嚭之所以斮于越也。願寄語小人，其姦讒閃爍，中人倏忽，如流星之炫曜，徒不念光景乍起而旋滅乎？乃既以病國，還以危身，如浮雲之蔽日月，徒令下土暗漠，何爲者耶？

① 原行右有評語：「婆心毒口。」

堯舜皆有所舉任兮，故高枕而自適。諒無怨於天下兮，①心焉取此怵惕？乘騏驥之瀏瀏兮，馭安用夫强策？

瀏，音柳。瀏瀏，猶「澑澑」，順行無阻貌。强策，馬策之勁直者。讒人畏屈子之用，不利於己，必欲排去之以自安，其譖之之辭，必有「不利社稷」之語，以厚君之疑，而激其怒。夫人心苟無媿，則何所憂疑而必攻異己？人君苟能任賢，則逸於求治，亦何用赫然之怒施於宗臣以示威哉？九辯之言若此類者，婉至深切，曲盡流俗之情僞，而善誘庸主以警悟。宋玉非徒藻帨之士也，豈王褒、王逸之得與哉？

①原行右有評語：「轉折無痕。」

諒城郭之不足恃兮，雖重介之何益？

介，甲也。賢不用而失保國之圖，城郭之固、兵甲之堅，奚足恃耶？

邅翼翼而無終兮，忳惛惛而愁約。生天地之若過兮，功不成而無効。

繇前所言，忠邪之辨，安危之分，章明易見。乃屈子盡其忠謀，誠楚國之干城。而始有黄昏之期，終被放流之謫，成效不收，以至窮約。翼翼之小心，反逢疑忌，是豈亂世之天宜小人之得勢，而君子生於其時，爲造化之過誤耶？

願沈滯而不見兮，尚欲布名乎天下。然潢洋而不遇兮，直怐愗而自苦。

願，所願也。不見，君不見知也。潢洋，不相附也。怐愗，音寇茂，心憒亂也。既已不見知而無成效，尚欲白其情以告通國，冀賢姦之別白，俟君他日之悔悟，乃終無以自通，徒懷憒亂，是何屈子之忠無已而楚人之迷不復也？

莽洋洋而無極兮，忽翱翔之焉薄。國有驥而不知椉兮，焉皇皇而更索。

薄，與「泊」同。舍賢不用，冥行於荒莽之野，不知棲泊，舉國昏迷，無圖存之策，豈無可乘之驥哉？而唯姦邪之策是求耶？

甯戚謳於車下兮，桓公聞而知之。無伯樂之善相兮，今誰使乎譽之？

君無桓公之明，則讒人高張，雖知有屈子之忠者，亦不敢顯言薦譽，而孤危亦甚矣。則禍始於君之驕美伐武，恃城郭甲兵，而昧於保國之道。

罔流涕以聊慮兮，惟著意而得之。紛純純之願忠兮，①妒被離而鄣之。

罔，與「惘」同。著，音酌，專而切也。紛，不一而足也。被，音披。被離，雜遝也。言君子悵惘流涕，聊舒所慮以盡忠謀，惟明主專意體之，乃能得其情理。若雷同炫曜之小人，披荷潢洋之闇主，疑忌膠加，必障蔽而不得通。則丘墟蔓艸，自貽之而奚救耶？此章言人之所以云亡，邦之所以殄瘁，皆楚君臣自取之咎，以伸屈子之志，與小雅怨誹詞旨略同，非宋玉莫能作也。

① 純，一作「忳」。

右八

願賜不肖之軀而別離兮，放遊志乎雲中。

此代屈子之言也。遊志雲中，懷僊也。既不見用，退而隱處，離塵孤遊於方之外，蓋因遠遊之旨而申言之。

☷精氣之摶摶兮，騖諸神之湛湛。

摶，合也。精汞氣鉛，合而成丹。

驂白霓之習習兮，歷羣靈之豐豐。

習習，數飛貌。白霓，太素之氣。羣靈，水火木金之精。歷，徧歷其宮也。豐豐，各足其靈也。

左朱雀之茇茇兮，右蒼龍之躍躍。

茇，音旆。茇茇，華盛貌。躍躍，行貌。神發光内照，則魂周營於身中。前[五]朱雀，南方神也。右蒼龍，東方魂也。

屬雷師之闐闐兮，通飛廉之衙衙。

衙，音圉。衙衙，從容周行貌。飛廉，或云雷師，或云風伯，此乃言風也。震巽位東，魂之府也。此承上蒼龍躍躍而廣言之。

前輕輬之鏘鏘兮，後輜乘之從從。

輕輬，輕車，喻神。輜，重車，喻氣。從從，相隨以行也。神御氣而行乎形中，形隨以靈也。

載雲旗之委蛇兮，扈屯騎之容容。

扈，護行也。御神而游於太清，五官百骸，從令而從容，此丹已就而僊也。

計專專之不可化兮，願遂推而爲臧。

專專，愎而不知通也。道成升舉，而還念及君不能已，於忠愛庶幾有靈感之妙用，推移此專專不可化之君，變易其心以爲善，蓋亦不得已之極思也。

賴皇天之厚德兮，還及君之無恙。

國勢垂危，恐不及待，故仰祝皇天，使楚祚得延。己僊成而歸，猶及施其推移之力。不然，城郭是而人民非，雖僊而不免於怨也。九辯作於原初去國、退居漢北之時，故懷沙之怨不形；而招魂作於頃襄之世，原且誓死，而宋玉欲抜留之，故詞旨各異焉。

右九

【校勘記】

〔一〕「無」下，補注、集注有「以」字。

〔二〕粱，補注、集注作「粱」。

〔三〕晼晚，康熙本作「畹畹」。

〔四〕刁，原作「刀」，據康熙本改。

〔五〕前，中華上編本、上海本作「左」。

卷九

招魂

王逸曰：「招魂者，宋玉之所作也。……宋玉哀憐屈原，忠而斥棄，愁懣山澤，魂魄放逸，厥命將落。故作招魂，欲以復其精神，延其年壽，外陳四方之惡，内崇楚國之美，以諷諫懷王，冀其覺悟而還之也。」

按：原當懷王之世，雖憂國疾邪，而猶賦遠游，從巫咸之告，故玉作九辯，亦於其時，有及君無恙之想。及懷王客死，國讎不報，頃襄遷竄原於江南，原乃無生之氣，魂魄離散，正在斯時。則此篇定作於頃襄，而王逸「諷諫懷王」之說，非其實矣。

朕幼清以廉潔兮，身服義而未沬[二]。主此盛德兮，牽於俗而蕪穢。上無所考此盛德兮，長離殃而愁苦。

朕，代屈子自稱也。沬，已也。牽，曳也，曳之不得行也。主，意所專注也。蕪穢，菀塞而蔫薉也。考，成也。離，罹也。此言屈子以忠直遭妬，志折氣菀，魂將離也。大招，達其所志之道於篇終；招魂，述其所秉之正於篇端。故雖華曼而不靡，其意寓於微言一也。論者曲分優劣，過矣。

帝告巫陽曰：「有人在下，我欲輔之。魂魄離散，女筮予之！」

巫陽，古之神巫。託言上帝者，人無能念屈子之忠，冀上天悔禍，輔使遂志，誓死之心，可使樂生也。筮者，占其魂之所往於上下四方。

巫陽對曰：「掌夢，上帝其難從。①若必筮予之，恐後之謝，②不能復。」用巫陽焉。

掌夢，未詳，舊説掌招魂者。巫陽呼而告之，與上言「對曰」不相通。後，謂於事已緩，不能及時。謝，萎落也。言待筮而予，恐於期已後，魂已萎謝，而無從招，雖巫陽亦無能爲也。意謂屈子懷忠而見摧於讒佞者兩世，沈湘之志已決，天若令楚悔禍，當急召歸闕，不然，必不能隱忍久生，以待異日之追悔。以下極言聲色、居處、飲食、游觀之盛，蓋人君待賢之禮，自當極致其豐。賢者所志雖不在此，而君欲補前過以禮賢，不可以不曲盡，故言招之不容稍緩，而夸陳麗美，無妨辭之已溢，而不必如大招之明言尚賢發政，雄雄穆穆也。詞賦之體，長言諷諫，有出於是者，蓋亦豳風「衮衣」、「籩豆」之義，庶幾國風好色不淫之意與！

①其難從，一本作「其命難從」，一本作「命其難從」。

②原行右有評語：「簡練。」

乃下招曰：「魂兮歸來！去君之恒幹，何爲乎四方些？

幹，如周書「尚寧幹止」之「幹」。恒，所有事也。身者，魂所有事。些，蘇箇反，楚人歌曲之餘聲。

舍君之樂處，而離彼不祥些！

離，罹也。樂處，謂楚。夫上下四方，豈必楚爲樂處哉？代馬北風，越鳥南枝。人苟失其宗邦，則君非我君，友非我友，且抑天非我天，地非我地，皆不祥之區也。

「魂兮歸來，東方不可以託些。長人千仞，唯魂是索些。十日代出，流金鑠[二]石些。彼皆習之，魂往必釋些。歸來兮，①不可以託些！

託，寓也。山海經：東海，大荒之外，有大人之國。千仞，極言之爾。彼，謂彼土之人。習者，相與慣習，不畏炎灼。釋，銷鎔也。

① 歸來兮，一作「歸來歸來」，下同。

「魂兮歸來，南方不可以止些。雕題黑齒，得人肉以祀，以其骨爲醢些。蝮蛇蓁蓁，封狐千里些。雄虺九首，往來倏忽，吞人以益其心些。歸來兮，不可以久淫些！

題，額也。雕題，刺刻其額，以墨涅之爲花卉，今瓊南黎人尚然。蝮蛇，身短如椎，螫人立死。蓁蓁，聚而盛也。封，大也。千里能爲妖怪，倏忽千里也。雄虺，大虺。益心，飽也。淫，遊也。

「魂兮歸來，西方之害，流沙千里些。旋入雷淵，靡散而不可止些。幸而得脱，其外曠宇些。赤螘若象，玄蠭若壺些。五穀不生，藂菅是食些。其土爛人，求水無所得些。彷徉無所倚，廣大無所極些。歸來兮，恐自遺賊些！

雷淵，西海。旋，去聲。旋入，飛沙捲人隨風而去也。靡散，風沙所裂，形體爛也。壺，瓠也。爛人，燥氣灼人，筋骨糜裂也。彷徉、廣大，曠杳而無可棲泊之意。賊，害也。

「魂兮歸來，北方不可以止些。增冰峨峨，飛雪千里些。歸來兮，不可以久些！

增，與「層」通。峨峨，積疊高聳貌。今沙漠之外，唯夏秋之間見流水，餘日皆冰。

「魂兮歸來，君無上天些。虎豹九關，啄害下人些。一夫九首，拔木九千些。豺狼從目，往來侁侁些。懸人以娭，投之深淵些。致命於帝，然後得瞑些。魂兮歸來，往恐危身些！

九關，九天之關。拔木九千者，力能拔九千木而不倦也。豺狼從目，言此九首之夫縱目直視如豺狼。侁侁，往來疾也。瞑，死而瞑目也。投人九淵，而以其神異，能令人不死，反告之帝，然後瞑目，謂求死而不得也。

「魂兮歸來，君無下此幽都些。土伯九約，其角觺觺些。敦脄血拇，逐人駓駓些。參目虎首，其身若牛些。此皆甘人。①歸來歸來，恐自遺災些。

幽都，地下也。土伯，土神。約，屈也，身屈折也。敦脄，背䏶厚也。血拇，以指攫人，血常染拇也。極言上下四方之不可往，以寬其必死之志，而廣索之六合，無有定嚮，所謂不待筮予也。蓋屈子忠憤内結，不忍見君與黨人之所爲，而恥與同歸，悵惘遊心，若舍此惡俗而皆安處，初非有所慕而願去。故身未死而魂先離者，泮渙於兩間，蕩泆無定，招之者不可以方隅求也。

①原行右有評語：「宕。」

「魂兮歸來，入修門些。工祝招君，背行先些。秦篝齊縷，鄭綿絡些。招具該備，永嘯呼些。

修，長也。修門，深邃之門也。背行，卻行。先，導也。篝，未詳。以綿縷絡篝，工祝執之以招魂者，其制不可考，所謂招具也，疑竿幡之類。周禮：復，以竿裹衣。楚俗或異。嘯，蹙口出聲。呼，號也。

魂兮歸來，反故居些。天地四方，多賊姦些。

申前意而約言之。

「像設君室，靜閒安些。高堂邃宇，檻層軒些。層臺累榭，臨高山些。網户朱綴，刻方連些。冬有突廈，夏室寒些。

像設者，以意想像而設言之。自此至末「反故居些」，皆像設之辭，謂擬所以待其歸者如此。蓋楚之君臣不能以此待賢者，而苟其悔過自新，則必豫擬一尊養極致之像如此，然後屈子可以死而生、去而反也。堂，室基也。宇，屋四垂。檻，闌盾。軒，堂前檐敞也。築土石曰臺，搆木曰榭，如今江岸懸樓也。網户，户上承檐，以銅絲紐網禦燕雀。綴，户楣上板。「刻方連」者，雕綴作四方相連，如今「卍」字。突，與「窔」通，深密可以禦寒。此上言堂室之美。

川谷徑復，流潺湲些。光風轉蕙，氾崇蘭些。

徑，直也；復，回抱也；前直達而三周回抱也。澗水紆流，鳴聲幽細，前臨爽敞，風日交美，蕙蘭之香，時飄庭戺[三]。此言所居川原之美。

經堂入奧，朱塵筵些。砥室翠翹，挂曲瓊些。翡翠珠被，爛齊光些。蒻阿拂壁，羅幬張些。纂組綺縞，結琦璜些。室中之觀，多珍怪些。

奧，室西南隅，古人布衽席於此。筵，席上承衾者。朱塵，言緣筵之飾朱緑，輕若塵也。砥室，室砌平整，敷筵其上。「翠翹」連下「曲瓊」爲文。翹，枝著壁上，所以懸鉤者[四]。翠，黛飾也。曲瓊，玉鉤，所懸幬帳者。被，壁衣也。珠翠綴於壁衣之上，其光爛然競采。蒻，當作「弱」，纖也。阿，阿錫，輕縠也，所以爲壁衣者。纖阿而用羅爲幬，覆上爲承塵也。結縷純赤曰纂，五色雜曰組，素練曰縞，文繒曰綺。纂組綴於阿羅縞綺之幬幃，而繫以琦璜，蓋流蘇之類也。此言室中張設之美。

蘭膏明燭，華容備些。二八侍宿，射遞代些。九侯淑女，多迅衆些。盛鬋不同制，實滿宮些。容態好比，順彌代些。弱顔固植，謇其有意些。姱容修態，絚洞房些。蛾眉曼睩，目騰光些。靡顔膩理，遺視矊些。

蘭膏，以蘭草煉膏使香而灌燭也。古無巨勝、蔓菁、柏油，皆灌羊牛豕之膏於槀，然之膏氣腥臊，蘭草之香去膱，故以煉膏。華容，謂美人。備，列侍也。二八，十六歲。射，音亦，厭也。二八女侍不一，厭此則彼代，各當夕也。九侯，紂諸侯，進女于紂者。女不喜淫，言美人貞靜似之也。迅，迭相更代，不稽緩也。鬋，鬢也。比，合也。彌代，猶言蓋世。好合柔順，世無與匹也。弱顔，含羞之意。固植，不爲婬媚之態。謇，貞直也。有意，能自持也。絚，猶竟也。謂禁步洞房，行不踰閾也。曼，長也。睩，目也。騰光，顧眄有光采也。遺視，猶言留眄。矊，從容有意貌。此言妾媵之美。

離榭修幕，侍君之閒些。翡帷翠帳，飾高堂些。紅壁沙版，玄玉梁些。①仰觀刻桷，畫龍蛇些。坐堂伏檻，臨曲池些。芙蓉始發，雜芰荷些。②紫莖屏風，文緣波些。

離榭，別館之榭。修幕，長廊而施之幕也。閒，閒暇往遊也。翡、翠，碧色如翠羽。紅壁，紅塗壁。沙，與「砂」同，以丹砂塗户版。玄玉，黝漆光如玉也。芰，菱。荷，芙蓉葉[五]。屏風，舊説以爲鳧葵。文者，芰、荷、鳧葵華葉相間之色。緣，猶衣之緣，四布沼邊也。此言別館堂沼之美。

① 玄玉梁，一作「玄玉之梁」。

② 原行右有評語：「荷花之艷在始。」

文異豹飾，侍陂陁些。軒輬既低，步騎羅些。蘭薄户樹，瓊木籬些。

文異，服飾奇瑋也。步騎，從游者之飾也。水堰側岸曰陂。陁，與「池」同。侍從步騎，先佇立於陂池之上，待其至也。軒輬，輕車。低，謂已至解駕，車前低也。薄，叢也。户，與「扈」通。樹，榮木也。瓊木，木槿，花如瓊玉，樹之如籬，謝靈運詩所謂「插槿當列援」也。此言侍從遊[六]觀之美。

魂兮歸來，何遠爲些？

何遠爲，言何用遠去爲也。文長，姑結言之。

「室家遂宗，食多方些。稻粢穱麥，挐黄粱些。大苦鹹酸，辛甘行些。肥牛之腱，臑若芳些。和酸若苦，陳吴羹些。胹鼈炮羔，有柘漿些。鵠酸臇鳧，煎鴻鶬些。露雞臛蠵，厲而不爽些。粔籹蜜餌，有餦餭些。

宗，當作「崇」，富也。粢，稷也。穱，稻田種麥，其實肥美者。挐，雜也。大，味之正也。苦、酸、鹹、辛、甘，五味備也。腱，筋也。臑，而兖切，熟爛也。若芳，猶言「而芳」。若苦，猶言「與苦」。和，以和羹者。胹，熟烹。炮，以泥塗而火焚之，去其皽。柘，與「蔗」通。臇，子兖切，小切而少汁煮之。鶬，鴰鶬。臛，煮肉少汁者。鵠酸、露雞，古人食品之異，其法未聞。蠵，大龜。厲，香酷烈也。爽，失其本味也。粔籹，米麪和煎者。餌，餻也。蜜餌，以蜜和粉作餻。餦餭，餳也。此上言食品之美。

瑤漿蜜勺，①實羽觴些。挫糟凍飲，酎清涼些。華酌既陳，有瓊漿些。

皆言酒也。瑤，其色也。蜜，其味也。勺，與「酌」通。羽觴，翠羽飾爵也。挫，壓也。壓去其糟，爲清酒。凍飲，以冰和酒，暑月飲之。春釀夏熟曰酎。酌，斢酒斗。華，其飾也。陳，實笥中以待斢。瓊漿，玄酒。方諸所收之明水，色瑩如玉。

①蜜，一作「蠠」。

歸來反［七］室，敬而無妨些。

以酒將敬，醉而無妨也。文長，以此參差，姑結之。

「肴羞未通，女樂羅些。敶鐘按鼓，造新歌些。涉江采菱，發揚荷些。美人既醉，朱顔酡些。娭光眇視，目曾波些。被文服纖，麗而不奇些。長髮曼鬋，豔陸離些。二八齊容，起鄭舞些。衽若交竿，撫案下些。竽瑟狂會，搷鳴鼓些。宫庭震驚，發激楚些。吴歈蔡謳，奏大吕些。士女雜坐，亂而不分些。放敶組纓，班其相紛些。鄭衛妖玩，來雜敶些。激楚之結，獨秀先些。

通，徧設也。按，按節而擊也。揚荷，當作「陽阿」，與涉江采菱皆曲名。美人，舞女。娭光，流目送光。眇視，微眄也。曾波，目若含水波紋重疊之狀。不奇，靚好也。二八，八人爲列，兩人競起也。衽若交竿，連袂一直貌。案，抑也。皆舞態。狂會，競奏也。搷，與「填」通，鼓聲。激楚，曲名。班，相次也。相紛，男女纓帶相雜，風飄而互結也。結，曲尾也。「獨秀先」者，曲終而奏激楚，獨秀於先作之樂也。此言歌舞之美。

菎蔽象棊，有六簙些。分曹竝進，遒相迫些。成梟而牟，呼五白些。晉制犀比，費白日些。

菎蔽、犀比，未詳。象棊，謂圍棊，象陰陽及周天之度。六簙，博戲，十二棊，人得其六。分曹，兩人相競。遒，急也。相迫，互爭勝也。此言棊也。梟，博采。兩未有傷曰牟。「呼五白」者，兩皆成牟，復呼令成純采取勝。此言博也。「費白日」者，猶言消日。此飲酣賽戲，以行酒也。舊注：篦，竹名。蔽，字從竹。博，箸也。晉制犀比，謂晉國工比集犀角，以爲雕飾。

鏗鐘搖簴，揳梓瑟些。娛酒不廢，沈日夜些。蘭膏明燭，華燈錯些。結撰至思，蘭芳假些。人有所極，同心賦些。酎飲盡歡，樂先故些。

搖簴，鐘聲震搖，簴爲之動。考工記所謂「若自其簴鳴」也。揳，古八切，擽也。言酒已闌而未闋也。結者，結其篇章。撰其詞句。至思，極思也。「蘭芳假」者，藻思中發，若蘭蕙之芳，相假借也。極，思所至也。人各盡其思之所至，相競美也。謂酒闌，分題作賦，以紀勝會也。先故，故舊也。自「瑤漿蜜勺」以下至此，皆言燕飲之樂。

魂兮歸來，反故居些。」

統結上文。

亂曰：獻歲發春兮，汨吾南征。菉蘋齊葉兮，白芷生。路貫廬江兮，左長薄。倚沼畦瀛兮，遥望博。

獻，始也。汨，于筆切，聿也。南征，南游也。廬江，舊以爲出陵陽者，非是。襄、漢之間有中廬水，疑即此水。長薄，山林亘望，皆叢薄也。右江左林，蓋沿漢南江北而東游雲夢之藪也。沼，小水如池。瀛，大水如海。畦，界也。博，遠也。草木萬榮，春水滿澤，此言江界春游之樂。

青驪結駟兮，齊千乘。懸火延起兮，玄顔烝。步及驟處兮，誘騁先。抑騖若通兮，引車右還。與王趨夢兮，課後先。君王親發兮，憚青兕。朱明承夜兮，時不可以淹。①皋蘭被徑[八]兮，斯路漸。

此言從王畋獵之樂也[九]。懸，猶飛也。火，焚林以田也。玄顔，玄天之容。烝，火氣上熏，天色若炊，氣輪結也。步及驟處，徒卒追及車驟之處也。誘騁，驅逆之車誘禽使嚮馳騁之處。先，前行也。抑騖，車行之節。若通，順道也。右還，逐禽左也。憚，當作「殫」，盡也。朱明，夏也。承夜，晝夜相承而改序也。皋蘭，皋岸之蘭。被逕，盛長也。漸，平聲，淹也。言及春以畋于江南之夢澤，及時爲歡；恐淹留至夏，則江水瀰漫，夢澤爲湖，不可復游矣。夢，音蒙，在今岳州華容縣。

①選無此字。楊按：指無「以」字。康熙本無。

湛湛江水兮，上有楓。目極千里兮，傷春心。魂兮歸來兮[十]，哀江南。

哀，憐也。[十一]覽江南春色如此，以游以畋，倍足娛人；而魂不歸來，空傷千里之目，故招之使返，勿負此可憐之媚景。情詞之悽惻，至此而極。俯仰江山風物，將來曼草之悲，今日蕭條之怨，神餘字外，千古猶爲薦涕，而長與湘流同逝矣。

【校勘記】

[一] 沬，原作「沫」，據太平洋本、中華上編本、上海本改。注文同。補注、集注作「沬」。

[二] 鑠，康熙本作「礫」，補注、集注作「鑠」。

［三］戹，原作「所」，據康熙本改。

［四］者，康熙本無。

［五］葉，原作「莖」，據康熙本改。

［六］「遊」上，康熙本有「以」字。

［七］「來反」二字，補注作「來反故」，集注作「反故」。楊按：據下文「魂兮歸來，反故居些」，應有「故」字。

［八］徑，康熙本作「路」。

［九］自「此言」下至「華容縣」，原脱，據康熙本補。

［十］兮，康熙本無，補注、集注無。

［十一］自「哀憐也」至「同逝矣」，原脱，據康熙本補。嶽麓本補足此及上處脱文，且考訂爲學署本脱「青驪結駟兮」下一葉，底本承此補足正文而無注，後排印本皆未見康熙本。楊按：「青驪結駟兮」下一葉之脱始於草堂本，學署本（即道光本）只是沿用草堂本板片重刷而已。

卷十

大招

王逸曰：「大招者，屈原之所作也。或曰景差，疑不能明也。」

今按：此篇亦招魂之辭，略言「魂」而繫之以「大」，蓋亦因宋玉之作而廣之。其意以招魂盛稱服食、居遊、聲色之美，而不及王伯之道，未足以慰賢士之心，故仍其旨而廣之，則爲紹玉之作，非屈子倡而玉和明矣。景差與宋玉齒，均爲楚之詞客，頡頏踵賦，互相揚搉。而昭、屈、景爲楚三族，屈子舊所掌理，受教而知深，哀其誓死而欲招之，宜矣。則景差之説爲長。洪興祖曰：「屈原賦二十五篇，漁父以上是也。大招恐非原作。」

青春受謝，白日昭只。春氣奮發，萬物遽只。冥凌浹行，魂無逃只。魂兮〔一〕歸徠，無遠遥只。

受謝，謂前歲已謝，而今歲受之也。只，餘聲。遽，與「渠」通，言如渠奮發也。冥，玄冥，冬氣。凌，冰也。浹，皆也。徠，與「來」同。方春之始，天宇開明，陽氣發生，萬物寒栗，陰冽之氣盡矣，可以安魂安魄，戒無遠逝。此因時起興，喻陰邪已遠，國勢向榮，則君子改其去國之心而來歸。當時非能如此，特述屈子屬望之意，而諷諫闇君。言能遠陰幽之小人，開昭蘇之盛治，則忠臣返駕，相助爲理矣。

魂乎歸徠，無東無西，無南無北只。

提綱言之。

東有大海，溺水浟浟只。螭龍竝流，上下悠悠只。霧雨淫淫，白皓膠只。魂乎無東，湯谷宋只。①

溺，與「弱」通，水無力，不能浮物也。浟浟，迅流貌。悠悠，上下游行貌。霧雨，海氣上烝，如霧如雨。膠，濁而凝也。湯，與「暘」通。海氣蒼莽，但見白霧昏塞，膠固不解，所謂暘谷者，不知何在，無從迎日出之光也。

①一本「宋」下有「寥」字。

魂乎無南，南有炎火千里，蝮蛇蜒只。山林險隘，虎豹蜿只。鰅鱅短狐，王虺騫只。魂乎無南，蜮傷躬只。

蜿、蜒，皆蟠踞之意。鰅鱅，怪魚，舊説以爲狀如犂牛，未詳是否，蓋鱷類爾。短狐，即蜮，含沙射人成創，今南人謂之「水箭」。王，大也。騫，迅行也。

魂乎無西，西方流沙，漭洋洋只。豕首縱目，被髮鬤只。長爪踞牙，誒笑狂只。①魂乎無西，多害傷只。

「漭洋洋」者，浩蕩無涯之意。鬤，髮亂貌。踞，與「鋸」同。「豕首縱目」以下，皆言狒狒之屬，似人，豕首，執人則笑，爪其血而飲，今川西有之。

① 誒，音「嬉」。

魂乎無北，北有寒山，逴龍赩只。代水不可涉，深不可測只。天白顥顥，寒凝凝只。魂乎無往，盈北極只。

逴龍，洪興祖以爲即燭龍，山海經言：西北海外章尾山，燭龍，人面蛇身而赤，是燭九陰。代水，未詳。楚南去并、代遥遠，或聞桑乾、嘔夷之水如此爾。天白顥顥，冰雪照炫也。凝凝，不釋也。「盈北極」者，言直至北極，寒冰充滿無際也。

魂魄歸徠，閒以靜只。自恣荆楚，安以定只。逞志究欲，心意安只。窮身永樂，年壽延只。魂乎歸徠，樂不可言只。

身無怔營曰閒，言無紛呶曰静。自恣，任意所便。「安以定」者，安居無播遷也。究，窮也。自此以下，皆逞志、究欲、安心之事。窮身，終身也。楚能改過養賢，絀喧呶噂沓之言，固本保邦，而不播遷，則可釋屈子窮愁誓死之心，而與同樂。當時必不能，然設言之以慰屈子之志，而諷諫頃襄焉。

五穀六仞，設菰粱只。鼎臑盈望，和致芳只。内鶬鴿鵠，味豺羹只。魂乎歸徠，恣所嘗只。

六仞，言倉廩之積高也。設者，揀其美而進之。菰米，雕胡，似蒲，結實爲飯，香美。臑，熟烹也。「和致芳」者，調和以盡香美也。内，鼎内所有也。鶬，倉庚；鴿，鵓鳩；鵠，黄鵠，小鳥。味，猶和也。豺，瘦不堪食，於文抑不協，字或誤。

鮮蠵甘雞，①和楚酪只。醢豚苦狗，膾苴蓴只。吴酸蒿蔞，不沾薄只。魂兮歸徠，恣所擇只。

蠵，與「蠵」同。甘，肥美也。[二] 酪，酢漿。苦，苦酒，亦酢也。膾，連上而言，豚、狗膾也。苴蓴，蘘荷。蒿，香蒿。蔞，蔞蒿。吴酸，吴人善罨諸菜，若蘘荷、蔞蒿之屬皆鹽藏令酸，用以和膾。沾，古「添」字，濃也。不沾薄者，濃淡皆宜。擇，擇所嗜而食之。

①蠵，一作「鑴」，大龜也。

炙鴰烝鳧，煔鶉陳只。煎鰿臛雀，遽爽存只。魂乎歸徠，麗以先只。

鴰，鴰鶬。煔，音潛，與「燖」同，沸湯瀹也。鶉，鵪屬。鰿，今作「鯽」。遽，與「渠」同，猶言「如許」也。爽，食之有異味，今俗言味佳者爲爽口。存，猶在也。麗，美也。此言諸美品先進之以爽口也。

四酎並孰，不歰嗌只。清馨凍飲，①不歠役只。吴醴白櫱，和楚瀝只。魂乎歸徠，不遽惕只。

四酎，未詳。嗌，音厄，喉也。澀嗌，苦澀滯咽也。役，用也。「不歠役」者，言甘滑隨口而下，不用歠也。蘖，穀芽，以造醴者。瀝，亦醴，蓋今之餳汁。「不遽惕」者，言飲之和柔，不致醉而心惕惕然。此言飲食之美。舊注：「酎，三重釀酒」，此云「四酎」，四重釀也。

①歠，一作「飲」，一作「歃」。

代秦鄭衛，鳴竽張只。伏戲駕辯，楚勞商只。謳和陽阿，趙簫倡只。魂乎歸徠，定空桑只。①

代，趙北地。伏戲，舊作「伏羲」。今按：伏羲時未有傳樂，當讀如字，與駕辯皆舞名。蓋代秦鄭衛之舞也。勞商，亦舞名，楚舞也。和者，簫倡而謳和之也。空桑，瑟名。定，整理其弦柱而鼓之。

①原行右有評語：「補句。」

二八接舞，①投詩賦只。叩鐘調磬，娛人亂只。四上競氣，極聲變只。魂乎歸徠，聽歌譔只。

二八，八人爲列，凡二行也。接，相接成綴兆也。「投詩賦」者，如春秋傳賦某詩之類，授詩命工歌之也。亂，曲終也，歌竟而人娛也。上，時掌切。四上，上聲四韻相叶。古樂府有上聲歌，蓋平濁上清，聲之清者也。競氣，引氣競入於高渺，聲之變也。譔，具也。言八音與歌相叶，皆備具也。此上言歌舞音樂之美。

①舞，一作「武」。

朱脣皓齒，嫭以姱只。比德好閒，習以都只。豐肉微骨，調以娛只。魂乎歸徠，安以舒只。

比德，同心。好閒，性情温靜不佻也。都，雅也。言其風度醇雅，不妖媚也。調，和也。言其和藹，善娛人也。安舒，與處而心志適也。

嫮目宜笑，娥眉曼只。容則秀雅，穉朱顔只。魂乎歸徠，靜以安只。

嫮，美目貌。曼，長也。「穉朱顔」者，肌肉滑潤，如嬰穉也。

姱修滂浩，麗以佳只。曾頰倚耳，曲眉規只。滂心綽態，姣麗施只。小腰秀頸，若鮮卑只。魂乎歸徠，思怨移只。

姱，修飾也。滂，浩蕩也。言修飾盡致，兼衆美也。曾，豐也。頰，口旁腮肉。倚耳，耳嚮後若倚，不哆張也。「曲眉規」者，眉曲如半規。滂心，情有餘。綽態，嚬笑語默，含情不盡也。施，發于容止也。鮮卑，未詳，王逸以爲「衮帶頭，言腰肢細少，頸鋭細長，若以鮮卑之帶約而束之」。按，帶名「鮮卑」者，因鮮卑東胡之制而立名。東胡别爲鮮卑，在秦漢之際，逸説未是。鮮，或音蘚，少也，微也；卑，斂約也；細腰柔屈之意。「思怨移」者，言與曬處而相思之怨移也。

易中利心，以動作只。粉白黛黑，施芳澤只。長袂拂面，善留客只。魂乎歸徠，以娛昔只。

易中，和易其中。利心，巧慧其心。動作，有事于承順也。粉以塗面，黛以畫眉。芳澤，香膏，以塗髮。昔，夕也。

青色直眉，美目媔只。靨輔奇牙，宜笑嗎只。豐肉微骨，體便娟只。魂乎歸徠，恣所便只。

直，當也。美目，當眉之下，上映青蛾之色。媔，音綿，長而美也。靨輔，兩頰笑而有圓陷也。奇牙，齒白殊異也。嗎，笑而媚也。再言「豐肉微骨」，疑有衍文。便娟，輕好貌，便與相狎也。此上言妾媵之美。

夏屋廣大，沙堂秀只。南房小壇，觀絶霤只。曲屋步壛，宜擾畜只。騰駕步遊，獵春囿只。瓊轂錯衡，英華假只。茝蘭桂樹，鬱彌路只。魂乎歸徠，恣志慮只。

室南曰堂，沙堂，以丹砂塗堂之楹楣也。房，堂左右側室。南房，户嚮南也。小壇，房前築土，與堂齊，而别爲砌也。觀，去聲，樓也。絶霤者，簷有承溜絶水，今之筧也。壛，與「簷」同。步壛，步廊也。擾，讀如饒，馴也。步廊外通廐皁，宜馴養馬也。步，行也。因廐馬而言遊觀之樂，順文及之。謂駕所馴畜，宜于行獵。「春囿」者，方春草長兔肥之時。瓊轂，以丹塗轂若赤玉。錯衡，以金飾衡也。英華，車飾之美如花。假，大也，盛也。「恣志慮」者，放意遊觀也。

孔雀盈園，畜鸞皇只。鶤鴻羣晨，雜鶖鶬只。鴻鵠代遊，曼鸘鷞只。魂乎歸徠，鳳皇翔只。

盈園，統下諸禽而言。羣晨，晨而羣飛也。鶖，似鶴而嘴、距黑，尾短。鴻鵠，大鵠。代遊，相代飛翥。曼，延也，羣飛相曼延也。鸘鷞，似鴈，長頸，緑身。其言畜鸞、翔鳳者，謂衆鳥集于春囿，瑞禽將自至也。此上言居室游觀之美。

曼澤怡面，血氣盛只。永宜厥身，保壽命只。室家盈廷，爵禄盛只。魂乎歸徠，居室定只。

曼，長也。澤，豐潤也。謂歸而備諸奉養，心康體適，以永壽命，無復枯槁憔悴、憤世捐生之心也。室家，兄弟也。盈廷，皆列位於朝廷。爵禄之盛，施及宗族也。此上言君與共富貴而志得身安，殊異放逐之苦。此下乃言道行功立之事，以明賢者所樂非徒富貴。其體屈子之心，而風諫頃襄以用賢則興之意，切矣。先儒謂大招愈于招魂以此，然詞賦之體有顯有微，未可執一論也。

接徑千里，出若雲只。三圭重侯，聽類神只。察篤夭隱，孤寡存只。魂乎歸徠，正始昆只。

接徑，謂巡行之車接迹於路也。「出若雲」者，扈從衆也。三圭，桓也、信也、躬也。子、男執璧，不言者，略文。重侯，熊侯、豻侯，天子大射重設之。類，巡狩祭天神之名。察，省視也。篤，厚也。夭，幼也。隱，疾痛可隱恤者。存，問而安之也。正始，興王之始造。昆，大也。言楚行王道，統一天下，行巡狩之禮，諸侯執玉而覲，與於大射，聽命以助祭，於是省問孤寡，施之恩澤，與三王受命正統，同其昌大。屈子歸而從君以行也。

田邑千畛，人阜昌只。美冒衆流，德澤章只。先威後文，善美明只。魂乎歸徠，賞罰當只。

四井爲邑。畛，田上道。千畛，言千畛如一也。冒，覆庇也。衆流，羣類。恩澤及人，施於鳥獸、草木，皆咸若也。威，武也。誅彊秦，平五國，先之以武；經天下，興禮樂，繼之以文。政簡刑清，賞罰允當，治之盛也。

名聲若日，照四海只。德譽配天，萬民理只。北至幽陵，南交阯只。西薄羊腸，東窮海只。魂乎歸徠，尚賢士只。

羊腸，隴坂。窮海，極於海濱也。賢士贊襄王業，天下莫不尊尚之。

發政獻行，禁苛暴只。舉傑壓陛，誅譏罷只。直贏在位，近禹麾只。豪傑執政，流澤施只。魂乎徠歸，國家爲只。

獻，進也。獻行，進用德行之士也。壓，鎮也。賢者立於庭陛，鎮撫國家，姦佞不敢干也。「誅譏罷」者，不用罰讁，頑讒自息也。贏，餘也。直贏，直有餘者。麾，意指也。禹拜昌言，舉用直諫，與同意指也。「國家爲」者，舉國家而任之，聽其所爲也。

雄雄赫赫，天德明只。三公穆穆，登降堂只。諸侯畢極，立九卿只。昭質既設，大侯張只。執弓挾矢，揖辭讓只。魂乎徠歸，尚三王只。

雄雄，高也。赫赫，明也。「登降堂」者，出入殿陛，以議大政。極，至也。質，澤宫所射之椹質，明示可見之質也。諸侯咸賓，公卿在列，文治畢敷，貫革射息，故射椹質于澤宫，或射大侯于路寢，武偃文興，德上配於三王，魂而來歸，樂觀其盛矣。此上極言治功化理之美，一皆屈子所志。而楚之君臣不能用者，故幻設一郅隆之象，以慰其幽怨，而誘之使歸，所爲曲達忠貞之隱願；且以見非是，則澤畔離魂犯四方之不祥，雖糜爛而不反。其言愈博，其志愈悲矣。

【校勘記】

[一] 兮，補注、集注作「魄」。

[二] 甘肥美也，原作「肥甘美也」，據上海本、嶽麓本改。

卷十一

惜誓

王逸曰：「惜誓者，不知誰作也。或曰賈誼，疑不能明也。」

今按：賈誼渡湘水，爲文以弔屈原，其詞旨略與此同。誼書若陳時政疏、新書，出入互見，而辭有詳略。蓋誼所著作，不嫌複出類如此，則其爲誼作審矣。「惜誓」者，惜屈子之誓死而不知變計也。誼意以爲原之忠貞既竭，君不能用，即當高舉遠引，潔處山林，從松喬之游；而依戀昏主，迭遭讒毀，致爲頃襄所竄徙，乃憤不可懲，自沈汨羅，非君子遠害全身之道，故爲致惜焉。誼所言者，君子進退之常經；而原以同姓宗臣，且始受懷王非常之寵任，則國勢垂亡，而欲引身以避患，誠有所不能忍，其悱惻自喻之至性，有非賈生所知者。則惜誓之言，豈足以曲達幽忠，「匪舌是出」，九死不遷之鬱曲哉？顧其文詞，瑰瑋激昂，得屈宋之遺風，異於東方朔、嚴夫子、王襃、劉向、王逸之茸闒無情；且所以惜原者，珍重賢者而扳留之，亦有合於君子愛惜人才之道。故今所存去，盡删七諫、九懷以下諸篇，而獨存惜誓。

惜余年老而日衰兮，歲忽忽而不反。

余，代屈子自余也。推屈子遠游之志，亦嘗念年歲之不可延，而志在超舉遊仙，如下文所云。

登蒼天而高舉兮，歷衆山而日遠。觀江河之紆曲兮，離四海之霑濡。

衆山蒼莽而無際，江河紆曲而日下，四海霑濡於垢濁，歷覽人間，不足淹留，思欲離之以高舉。

攀北極而一息兮，吸沆瀣以充虛。

以下皆玄修之旨，與遠遊相彷。沆瀣，北方清氣。「充虚」者，冲寂之氣實於内而不外泄，築基之始功也。

飛朱鳥使先驅兮，駕太一之象輿。

朱鳥，南方真汞。太一，神之樞也。中央戊土意，爲黄婆，總攝四方，故曰太一。「駕象輿」者，意御神以周行三垂，火本生土，而神隨意動，逆之者仙也。

蒼龍蚴虬於左驂兮，白虎騁而爲右騑。

蒼龍，口精，魂也。白虎，月華，魄也。騑，服馬。魄主載，在内爲服；魂主動，在外爲驂。蚴虬，讀酉九。

建日月以爲蓋兮，載玉女於後車。

日月，東西坎離之精，即龍虎也。建爲蓋者，月映日而合光，並建以覆照乎周度也。玉女，姹女也，位北方玄武，故曰「後車」，載之往配嬰兒。

馳騖於杳冥之中兮，休息虖崑崙之墟。

杳冥，無形之形，無象之象。休息，沐浴也。崑崙，兼山之極，艮止之象。

樂窮極而不厭兮，願從容乎神明。

道得身輕，逍遥自樂，神明澹泊，與天爲徒。

涉丹水而駝騁兮，右大夏之遺風。

丹水，出崑崙西南，坤維地户也。大夏，在九州之外，西北之殯，乾亥之方，天門也。出至陰而登至陽也。

黄鵠之一舉兮，知山川之紆曲。再舉兮，睹天地之圜方。

道成神舉，則融結之氣，唯其麾使，清寧之理，測其神妙矣。

臨中國之衆人兮，託回飇乎尚羊。

自高視下曰臨。蕭條遠寄，迥出人上，泠然御風，濁世不足以測其往來矣。尚羊，與「徜徉」同。

乃至少原之墊兮，赤松、王喬皆在旁。二子擁瑟而調均兮，余因稱乎清商。

少原，未詳，舊注謂仙人所居。均，樂器，似瑟，三十六[二]絃。稱，奏也。清商，商聲之清者，蓋商七十二而用其半也。世人不足與處，從松、喬而唱和，足以自適也。

澹然而自樂兮，吸衆氣而翺翔。念我長生而久仙兮，不如反余之故鄉。

如上所稱，游仙之事，豈不澹然自樂，呼吸六氣以翱翔乎？而奈之何眷戀故國，不忍棄此同昏之君臣耶？

黄鵠後時而寄處兮，鴟梟羣而制之。神龍失水而陸居兮，爲螻蟻之所裁。夫黄鵠神龍猶如此兮，况賢者之逢亂世哉[二]！

後時，不早去也。螻，螻蛄，一名土狗。裁，亦制也。知遠遊之樂，而依依故國，不能早去，爲讒佞所制，所爲可惜者此也。

壽冉冉而日衰兮，固儃佪而不息。俗流從而不止兮，衆枉聚而矯直。

儃，與「邅」同。儃回，運轉也。從，子用切，放也。人壽日衰，歲月馳運而不住，流俗日下，邪枉放縱而不可回，安能以有盡之年殉波流之世哉？

或偷合而苟進兮，或隱居而深藏。若稱量之不審兮，同權槩而就衡。

衡，平也。執權以稱，執槩以量，則枉直分而得其平。昏庸之主不審，賢姦混同，讒人日進，忠臣日隱，流俗放縱而不止，何足與較重輕乎？

或推迻而苟容兮，或直言之諤諤。傷誠是之不察兮，並紉茅絲以爲索。

迻，與「移」同。推迻，隨順君欲，無定説也。誠是，是非之實也。茅絲並紉，茅必傷絲；賢佞並進，佞必害賢矣。

方世俗之幽昏兮，眩白黑之美惡。放山淵之龜玉兮，相與貴夫礫石。

龜，寶龜，大蔡。礫，小石。埋玉於山，沈龜於淵，讒人興而忠貞必斥矣。

梅伯數諫而致醢兮，來革順志而用國。悲仁人之盡節兮，反爲小人之所賊。比干忠諫而剖心兮，箕子被髪而佯狂。水背流而源竭兮，木去根而不長。

來革，惡來也。小人進，君子傷，乃至隕命捐軀，古有之矣。蓋臣之有君，水木之本源也。君反道絶理，賢人無恃以滋長，則摧殘阻塞，勢所必然。若眷戀故鄉而不遠引，是挽逆流而抱枯枝矣。何如全身隕命之得也？

非重軀以慮難兮，惜傷身之無功。

且吾所爲惜屈子而欲其遠引者，非畏禍難而偷生也。梅比死而殷亡，屈子沈而楚滅，無救於國，徒隕其軀，亦何益耶？

已矣哉！獨不見夫鸞鳳之高翔兮，乃集大皇之壄。循四極而回周兮，見盛德而後下。

皇，亦大也。大皇之野，廣遠無人之地。非有德而不儀其庭，豈以身殉濁世哉？

彼聖人之神德兮，遠濁世而自藏。使麒麟可得羈而係兮，①又何以異虖犬羊？

聖人遠屈伸以利用，無道則隱。屈子遠遊之志不終，自投於淵，無救於楚，徒以輕生，詛所爲致惜也。其哀屈子至矣，其爲屈子謀周矣；然以爲知屈子，則未也。

①原行右有評語：「卓然。」

【校勘記】

［一］三十六，康熙本作「六十」。

［二］康熙本行右有評語：「高響遏雲。」

卷十二

招隱士

王逸曰：「招隱士者，淮南小山之所作也。昔，淮南王安博雅好古，招懷天下俊偉之士。自八公之徒，咸慕其德，而歸其仁。各竭才智，著作篇章，分造辭賦，以類相從，故或稱『小山』，或稱『大山』，其義猶詩有小雅大雅也。小山之徒，閔傷屈原，又怪其文昇天乘雲，役使百神，似若仙者，雖身沈没，名德顯聞，與隱處山澤無異，故作招隱士之賦，以章其志。」

今按：此篇義盡於招隱，爲淮南召致山谷潛伏之士，絶無閔屈子而章之之意。其可以類附離騷之後者，以音節局度，瀏瀉昂激，紹楚辭之餘韻，非他詞賦之比，雖志事各殊，自可嗣音屈宋。而七諫以下，無病呻吟，蹇澀膚鄙之篇，雖託屈子爲言，其漠不相知，徒勞學步，正使湘纍有靈，實應且憎，曾不如此篇事異詞同之步餘芳於別徑也。故附之惜誓之後，以廣三楚之遺風焉。若王逸曲爲之説，以相牽附，固非達於文旨者所取也。

桂樹生[一]兮山之幽，偃蹇連蜷兮枝相繚。

桂樹，南方之珍木也，其葉三脊而冬榮，其皮[二]甘辛而香烈，非深山邃谷不生，故賢者以比德焉，而樂遊其下。繁枝交蔭，山益以幽矣。

山氣巃嵸兮石嵯峨，谿谷嶄巖兮水曾波。猿狖羣嘯兮虎豹嗥，攀援桂枝兮聊淹留。

峻谷絶澗，猨[三]虎交鳴。險惡如斯，而隱士耽桂枝之幽芳，淹留不出，何也？

王孫遊兮不歸，春草生兮萋萋。歲暮兮不自聊，①蟪蛄鳴兮啾啾。

王孫，隱士也。秦漢以上，士皆王侯之裔，故稱「王孫」。螻蛄，寒螿也，似蟬而小。王孫往遊山谷，秉不返之志，春草漫生，秋螿悲鳴，歲往如馳，不我肯顧，懷思之切，不自聊賴。此述招者之情，而下極言山中不可淹留之狀，以勸其來也。

① 原行右有評語：「何與於情？而關情自切。」

坱兮軋，山曲岪，心淹留兮恫慌忽。罔兮沕，憭兮慄，虎豹穴，叢薄深林兮人上慄。

坱，烏朗切。坱軋，山氣鬱蒸之貌。岪，盤曲也。山紆曲則嵐霧鬱而不散，久處而心爲迷亂也。罔沕，疑也。憭慄，懼也。游行經虎豹之穴，心疑懼也。草叢曰薄，樹叢曰林。草木蒙茸，孤游自慄，目困而心怵也。

嶔岑碕礒[四]兮，碅磳磈硊。①

硱，音傾。山高石危，如墜而壓然。

①磈，恢上聲；硊，危上聲；石貌。

樹輪相糾兮，林木茷骫。①

茷，音廢。聳生曰樹，旁山團聚曰輪。茷，枝葉盛貌。骫，柔條下垂貌。林下糾結，森寒相迫也。

①骫，音委。

青莎雜樹兮，薠草靃靡。①

樹，植立也。莎草方秋而直條挺上，故曰樹。靃靡，凌雜覆道貌。草卉彌漫，徑路絶也。

① 䨺，息委切。

白鹿麏麚兮，或騰或倚。狀皃崯崯兮峨峨，凄凄兮漇漇。

麏，麞。麚，牝鹿。騰，走。倚，立也。皃，古「貌」字。崯崯、峨峨，伎足亭立貌。凄凄、漇漇，毛色濡澤貌。禽獸縱横，不避人，而行立自如，以相逼也。

獼猴兮熊羆，慕類兮以悲，①攀援桂枝兮聊淹留。

獸離羣而悲鳴，然則士子處於山中，能無人閒之想乎？如之何其尚淹留也？

① 原行右有評語：「雙引，妙。」

虎豹鬬兮熊羆咆，禽獸駭兮亡其曹。

曹，類也。禽獸聞熊虎之怒號，失羣而走，不敢安居，况君子而可以久處此乎？

王孫兮歸來，山中兮不可以久留。

不言我所以待士者何如，不言士之來歸而志行者何如，但於空山岑寂孤危之情景三致意焉。蓋深體賢士不得已之情，而惻然爲之恤念所繇[五]，與漢高帝「從我游者吾能尊顯之」説相逕庭，用意深厚。士之所以樂爲淮南死者，誠有以動之也。且其辭致磅礴弘肆，而意唯一致，真得騷人之遺韻，以視朔、褒、向、逸之厖雜，尤爲度越。藝林之士，誠泳泆焉，麗則而不淫，其亦知所津逮矣。

【校勘記】

[一]「生」上，補注、集注有「叢」字。

[二]皮，原作「枝」，據康熙本改。嶽麓本考訂爲道光本「皮」殘泐左撇，底本從之作「支」。

[三]猨，康熙本作「蝯」，均同「猿」。

[四]礒，原作「磯」，據太平洋本、中華上編本、上海本改。

[五]繇，康熙本作「山」，疑「由」之壞字。

卷十三

山中楚辭[一]

小山招隱而後，騷體中絶，有如七諫、哀時命、九歎、九懷、九思諸篇，俱不足附屈宋之清塵，論之詳矣。梁江淹工於擬似，與劉謝之徒自謂學古制今，觸類而廣之，作山中楚辭。其用意幼眇，言有緒而不靡，特足紹嗣餘風。余故删漢人無病呻吟之剿説，而登江作。夫辭以文言，言以舒意，意從象觸，象與心遷，出内檃括之中，含心千古，非研思合度，未繇動人哀樂，固矣。此江氏所以軼漢人而直上也。

青春素景兮，白日出之藹藹。

素景，日色昭鮮也。藹藹，温和之貌。

吾將弭節於江夏，見杜若之始大。結瑚鱗以成車，懸雜羽而爲蓋。

瑚鱗，薜荔若鱗。雜羽，羣花，山中之飾也。

草色緑而馬聲悲，欷沿袖以流帶。

欷歔出涕，沿流於袖帶閒，不待明言所悲者云何，而情自遠矣。

右一

予將禮於太一，乃雄劍兮玉鉤。

劍有雄雌，干將、莫邪之類是也。玉鉤，佩劍環。

日華粲於芳閣，月金披於翠樓。

月金，月色如白金。披，與「被」通。此言承祀自晨至暮，祠宮之麗景。

舞燕趙之上色，激河淇之名謳。薦西海之異品，傾東岳之庶羞。乘文魚兮錦質，要靈人兮中洲。

激，蹙氣使清高也。靈人，神人也。此倣九歌之作，但言所以要神者，歌舞、品物之美，則己內美之修潔，中誠之懇至，自在言表矣。

右二

入橘浦兮容與，心惝惘兮迷所識，視煙霞如〔三〕一色。

憞惘，茫昧貌。橘浦，種橘江干。古稱江陵「橘洲」，今臨江夾岸皆柑橘，足知橘之宜於浦矣。橘葉叢生，彌望幽鬱，心懷耿憂者，對之欲迷。樹杪煙平，落霞迴亘[三]，尤足亂人遠思。

深林窈以虧天，上列星之所極。

極，至也。浦橘方秋，枝葉益繁，蔽天隱星，蒙蘢常暗。以此思愁，愁可知矣。

桂之生兮山之幽[四]，紛可愛兮何團團。谿崎嶚[五]兮石架阻，颼颼[六]颼兮水道寒。煙色閉兮喬木橈，嵐氣闇兮幽篁難。

石架，石梁也。颼颼，陰風。颼，風聲。橈，音鬧，曲也。溪風陰咽，磵道增寒，烟暝橫空，樹杪半藏，嵐氣幽[七]篁，濃陰黯黮，山中岑寂，離人何以勝此哉！

忌螗蛄之早吟，惜王孫之晚還。信於邑兮白露，方夭病兮秋蘭。

白露降而秋蘭萎，誠可爲嗚咽者也。此倣招隱士而廣之。悲放逐之士歸國無期，空山抱怨之情。

右三

石篴篴兮蔽泉[八]，

硼石横立，水流出於其下。

雪疊疊兮薄樹。

薄，棲也。

車蕭條兮山逼，舟容與兮水路。

山逼，山徑偪側之所。

愍晨夜之摧挫，感春秋之欲暮。

日夜不留，摧折令人易老。志有不伸，功有不遂，俯念飄遥，困舟車於危石寒冰之下，屈宋所悲，將無有同情乎！

征夫輟而在旁，御者跼而載顧。

征夫，從行者。遷客不忍離君而去，遲回欲止。行路之難，不徒在山水也。

右四

【校勘記】

［一］四部叢刊景宋本江文通集、萬曆二十六年刻本江文通集注收山中楚辭五首，本書收前四首。

〔二〕如，江文通集、江文通集注作「而」。

〔三〕亘，原作「互」，形訛，據康熙本改。

〔四〕幽，江文通集、江文通集注作「巒」。

〔五〕嵺，江文通集、江文通集注作「巇」。

〔六〕飂，江文通集、江文通集注作「飀」。

〔七〕幽，康熙本作「充」。

〔八〕泉，江文通集、江文通集注作「日」。

卷十四

愛遠山

愛遠山，亦江淹之所作也。淹放黜爲閩山長史，待罪三載，究識烟霞之狀，筆墨之勢，聊爲斯文。其云「郢路遼遠」，則依屈子之心以自旌，而文筆沈鬱，意指藴藉，不忍忘君之意溢於尺幅，非但如漢人怨懟之辭，徒寄恨於懷才不試也。故嘉其志而録之。

伯鸞兮已遠，①名山兮不返。

伯鸞，漢梁鴻字，傷時作五噫之歌，東適吴越，入名山以終老。淹引此以自况。

①原行右有評語：「高唱。」

逮紺草之可結，及朱華之未晚。緤余馬於椒阿，漾余舟於沙衍。

紺草，草芽方出，微紅色也。山頂曰椒。

臨星朏兮樹闇，看日爍兮霞淺。

方夕星出而樹增幽，始旦日升而霞漸散。

淺霞兮駮雲，一合兮一分。映壑兮爲色[二]，綴澗兮成文。碧色兮婉轉，丹秀兮葐蒀。

駮，雜也。雲霞相雜，合離不一，以成文章。葐蒀，音芬溫，回合增盛貌。此山中雲物之可玩者。

深林寂以窈窈，上猨狖之所羣。羣猨兮聒山，大林兮蔽天。

聒山，啼聲喧也。此山中孤幽之可感者。

楓岫兮筠嶺，蘭畹兮芝田。紫蒲兮光水，紅荷兮豔泉。香枝兮嫩葉，翡累兮翠疊。

芝，蕈也。所生之地，恒當春而生，故謂之田。其品有芳香者。紫蒲，蒲槌老而色紫也。枝、葉，蒲荷之莖、葉。累、疊，相積也。此山中草[二]木之可悦者。以上備言山中之勝，乃有心不泯，則玩者無可玩，悦者無可悦，感者益深其感，雖曰愛山，亦寄焉而已。

非郢路之遼遠，實寸憂之相接。欷美人於心底，願山與川之可涉。

梁都建康，而云「郢路」者，以己情同屈子，故即楚事以自況也。美人，謂君也。身在江湖，而心存魏闕，非己不見知之爲悶，而惟君是思。淹之擬騷異於漢人之怨尤遠矣。

若溘死於汀潭，哀時命而自惬。

不得於君，亦時命之適然，豈敢以怨懟君父哉？屬文之道，以意爲主：其情私者，其詞必鄙；其氣戾者，其言必倍。屈子忠貞，篤於至性，憂國而忘生，故輪囷絜偉於山川，粲爛比容於日月；而漢人以熱中寵禄之心，欲相仿佛，婞怒狷狂，言同詛呪，清湘一曲，起泥淖之波，非但無病呻吟，如昔人所譏已也。淹生千歲之後[三]，獨能曲達其情，念繫於君，而不與雞鶩爭粒粟之寵辱，故夕秀初含，朝華已啟，庶幾温柔寬厚之旨，曠百世而嗣音矣。

【校勘記】

[一]色，江文通集、江文通集注作「飾」。

[二]草，康熙本作「卉」。

[三]「之後」二字，康熙本無。

卷末

九昭

有明王夫之，生於屈子之鄉，而遘閔戢志，有過於屈者，爰作九昭，而敘之曰：僕以爲抱獨心者，豈復存於形埒之知哉？故言以奠聲，聲以出意，相逮而各有體。聲意或留，而不肖者多矣，況斂事徵華於經緯者乎？故以宋玉之親承音旨、劉向之曠世同情，而可紹者言，難述者意，意有疆畛，則聲有判合，相勤以貌悲，而幽蠁之情不宣，無病之譏，所爲空羣於千古也。聊爲九昭，以旌三閭之志。

發江山之芊萰兮，回風被乎嘉卉。青春脈其將闌兮，羌何情而愉此？

發，始就道也。萰，力甸切。芊萰，卉木盛貌。脈，徵動於不覺也。春物可愉悅，而愁人不爲之欣賞。

凌巴丘之頎洞兮，余甫閱乎南條之荒大。

巴丘，今岳州，其南爲洞庭。甫，始也。自巴丘而南，山自黔中東來，爲南條。崇山複嶺，重溪疊澗，風日卉木，與湖北迥異。屈子生長郢都，被竄而來，始識湖南山川之色。窅宎綿延，不知涯際，舉目之悲，觸物難已矣。

駭哀吟之宵鼯兮，鬱薄霄乎夕霿。虹半隱於叢薄兮，雨中岫而善淫。

此巴丘以南，荒大之景也。薄霄，迫天也。夕霿，暮雲。中岫，雨止于山半。善淫，易雨而難霽也。

即靈媛之前思兮，惘南狩之所尋。

靈媛，謂舜二妃。南狩，舜南巡。山川荒遠，二妃不知舜之所在。望君不見，今古同情。

緜修林之茸閟兮，窅洞壑之紛疑。答空響之森寒兮，合嶂沓其如規。耳迴寂其無聞兮，目改觀於異色。

茸閟，草木蒙茸而幽蔽也。紛疑，洞壑屈曲，不知涯際也。「答空響」者，空谷傳聲相答。沓[二]，亦合也。山色四圍，仰窺天如規圓。湘沅之間，西連辰酉，其荒大有如此者，人踪絶而音響寂，但觸目蒼茫而已。

詎侘傺之足捐兮，悄不知迢遞之何極！

去國已遥，山河間之，佇立含愁，安能忘耶？

汨征

述屈子始遷於江南，覽河山之異而興悲，憂菀積中，更無從而明言所怨。深於怨者，言自窮也。

青林白水敞蘭風兮，理前心而益烱。

良時清適，偶然息慮，追惟往事，井井不忘。

既服葯之春氣兮，蘋又申余以秋穎。謂白日之匪鮮兮，豈蒼天之莫正？

姱修既潔，矢心抑靖，可自信不欺者。讒人可毁白日之無光，而蒼天豈可罔哉？

拊雲門之清瑟兮，悼傾耳之獨夐。改繁聲以申悲兮，介師延而相將。匪將者之爲勞兮，邈夷庚於羊腸。

追思進諫之初，舉要而約言之，則忽而不察，欲譎諫因機以進，乃言愈長而愈相猜疑。我坦衷直致，而君終惑于險詖之說，不我從也。

衺九州於尋尺兮，亘千歲於昏旦。恢畫畫以申猷兮，悔曩辭其猶未半。

所諫者，括天下得失之幾，盡古今興亡之理，規恢而條悉之，非不至也；然及今思之，未即追原禍本，以攻發讒佞，不能無悔，蓋均之取怨於人，不如直揭其姦慝，如下文所云。

斥氣珥於禺中兮，堙洪流於冀野。涉漩瀎而濡首兮，洵猶賢夫今者。

禺中，巳位，近天之中，喻君側左右。冀州首受大河，喻津要爲藏姦之主。靳尚之邪，鄭袖之煽，悔未直攻之，雖受其摧傷，猶令其姦邪露見而不敢違。

逸征鳥以翾翩兮，泝顥穹而莫執。回風飂而隕穫兮，悵行野其何及？

征鳥，題肩鷂也。不即執姦佞而顯誅之，使其猶翺翔於君側，反乘勢以空善類，自悔無及矣。

進不可與期兮，退不可與息。曠嘉會以韜愁兮，誰予侑而自戢？

逸姦佞而未申明其罪，既必不能改而從我，且必求毁我之成謀，以悮國。早念及此，誰止予而姑容之？能無追悔乎？懷王之初，信任屈子甚至，乘其時而與靳尚輩爭死生於一日，事尚可爲。如其不克，以身殉之可爾。投鼠忌器而留禍本，以使蔓延。想屈子沈湘之日，必懷此遺憾，故爲代白之。

申理

達屈子未言之情，而表著之。想其忠愛憤激之心，迨沈湘之日，申念往事，必有如是者。清君側之惡，雖非人臣所敢專，而宗臣之義，與國存亡，知無不爲，言無不盡，故管蔡可誅，昌邑可廢，况張儀、靳尚之區區者乎？輒爲追惜，無嫌悁烈也。

凌漳澨兮及晨，邀余目兮天末。

漳，南漳水，入漢，合于江。楚之東遷，自荆北至宜城，浮漢而下，回望郢都，如在天末。

嶘巋嶃岏兮，①紆荆門之縹渺。滂溏濞湏兮，②遂江流以奰發。

山自夔巫西來，至荆門而展，所謂「羣山萬壑赴荆門」也。江水爲山所束，下夷陵而迅流浩蕩。此言郢都山川形勝有如此者。

①嶃，牀咸切；岏，吾官切；高鋭貌。

②滂，普郎切。溏，音唐。濞，音避。湏，音派。

相九州而洵美兮，承靈祚而奄處。

立國之固，自熊繹而始，至熊通而盛，奄有江山，踞九州之形勝。

崇臺婥妁以詣天兮，下睨乎廣陌之鱗聚。蘭春被乎平皋兮，都人懷芳而從之。被羅袿之袨服兮，①尚不改乎此容也。

婥妁，同「綽約」，亭立貌。登高臺，視廣陌，人物之盛，雖經喪亂而不損，皆先君生聚之積也。

① 袿，音規。

華鐙烜於永夜兮，羽蓋飄而陰晝。夫何姣好之嬋媛兮，抑雄風之蟉虬。

文物既盛，而武威尤雄，長於上國。

呑冥阨以無外兮，卷河鼓而浮天街。旋北斗使挹桂酒兮，固誰昔之所懷？

冥阨，楚塞。河鼓，牽牛星，北方宿。天街，昴、畢之間，西方辰度。言北卷中原而收秦也。

旋北斗，挹桂酒，代周受命，楚先君之志事如此，豈一郢之不保哉？

逮鳴鴂之未聞兮，芳草榮其如昨。遌余望以流觀兮，悠含情之廣託。

當未遷之時，江山如故，人物如故，顧瞻佳圖，猶可壯王居而規遠大。

物無廢而不興兮，羌聊謝夫送目。顧美人之倦游兮，曾不臨高以旁矚。

今之廢者，固昔之興者也。何不可再興而遽棄之？目送江山，徒留餘惜，使頃襄能憑高而回望，其能忍兩東門之遽蕪乎？

違郢

夕弭榜兮中洲，澹淫淫兮安流。蘋風歙兮緣波，明月影兮不留。靜不可長愉兮情善疑，怵若危兮落葉之辭枝。蒼天羃羃兮四垂，朕何爲兮數離？

江次飄零，月明人靜。孤危忽警，舊怨難忘。忽爾興思，幻成良遇，如下文所云。

若有期兮新歡，折瓊茅兮贈言。維中庭兮妒者，迴相遇兮曠野。申旦旦以及今兮，涕零零而交下。

若思若夢之間，與君邂逅。避妒者于中庭，别訂歡于巷遇。悔前非而申後誓，感極而繼以泣。冥思幻成，忘非其真也。

來無蹤兮去無秉，思心發兮遺光景。猨啼林兮惝怳，魚驚波兮溟涬。江上之寂歷兮夢夢，悄余眷兮精相從。孰寓形之洵然兮，覆魂投之靡通。

夢，平聲。夢夢，無所見也。非有之境，恍惚形成。猨嘯魚跳，驚失所遇。雖形終孑處，而精魄相從，則不信幻成之非實也。

幸曠古兮良夜，輕千里兮命駕。結蘭佩兮擥羅袪，馳芳皋兮驅駟馬。夫杳靄奚其不可親兮？幾神會之無假。

精魄相遇，隨君反闕，倏爾思成，安得遂如此時之心境而非徒幻想哉？

引衷

不得已之極思，意中生象，其與君相遇之幻景，固篤志者情中必有之情也。爲屈子曲引之。

悲孤緒之獨縈兮，曠千秋而無與。晉謀古而不獲兮，奚凡今之可訴？

古人於我，或事同而志異，或志同而事異，尚不可謀，況今之悠悠者？屈子之孤忠，所爲無耦也。

二士行歌於首山兮，未夙謨夫商邑。百里望哭於殽崟兮，追虞諫其何及？刳比干於一丘兮，待殷殄而始封。抉子胥於吳門兮，盼於越之淩江。言雖售而志殘兮，要忘親而邇怨。引憤毒於黃泉兮，操余言以爲券。誠彌縫其終窘兮，軌有價而必繇。隕蕭艾於繁霜兮，匪芳桂之所求。

夷齊避紂而不爲謀，百里奚哭秦師而不諫虞公，皆先事之未盡者。比干之墓受封于周，非比干之榮也。子胥懸眼以望越兵，愈違其初志矣。然則，屈子身死言驗而楚亡，鄭袖靳尚蒙宰嚭之戮，豈其所願乎？乃至采薇行歌，終餓西山，亦非己所欲。此古人所不可與謀者也。

鳥將飛而遺音兮，顧青林而息羽。

策士謀臣知楚之不可有爲，則去而之他國已耳。

魚沈冥以呴沫兮，憯忘情於洲渚。

若莊周、荀卿之流，皆楚人也，全身遠害，退隱已耳。漁父鼓枻之歌，且欲己之置安危于罔恤。

豐草靡於江干兮，懷零露之新滋。

昔日芳草今爲蕭艾，且附姦佞以求榮矣。

喬木榮於崇丘兮，冀雰霰之後時。

故家舊臣，徼幸苟安，不能遠慮。凡此，皆今人之不可訴者也。

高天廣陌之敻敻兮，玄冬閉而不洩。諒頫卬之無與酬兮，韜鬱陶以永世！

卬，與「仰」同。上下相蒙，幽閉無復生之氣。己獨有心，誰可與相告語？埋憂地下，隨逝水以東流而已。

扃志

扃，閉也。孤情自怵，不與古人同調，而舉國無同心之侶。緘閉幽貞之志，千古而下，猶有謂其「忠而過」者，誰與發屈子之扃乎？

耿玄夜之穆清兮，今者愔愔而寤余。邈登天其無畔兮，嘉余魂之安驅。

寒夜蕭清，一念忽興，神馳楚塞之外，而所以雪恥振威，西吞殽函者，皆若惟我之驅馳而得志者然。

余儲奇服以遐征兮，紛髿髴而襲之。左葳蕤之翠羽兮，右離褷之星施。

張楚破秦之策，夙所位置，若在目前。

發丹陽之故宫兮，首商於而問道。夏旌旖旎而前征兮，余又申之以鷺翿。介三青鳥以先鳴兮，誅鳳皇於西母。詭逢迎而中變兮，余怒叱夫蜚廉之蚴蟉。

此下言興師討秦之次第也。誅鳳皇於西母，詰懷王不返之故，使自服罪。意秦人多詐，必僞請和以誘我，叱風伯使勿遲回，不聽其甘言，而決於致死，乃可以逞志。

升密雲其未半兮，彗熒熒而西弛。覲太乙之婉存兮，責余駕之不駛。

以誓死之氣，與秦爭存亡，兵甫交而秦可破，奪武關，臨渭水，秦且西潰。逮懷王之未死，迎之以歸，當喜極而嗔，怨其不速也。

兩龍抃而南迴兮，顧豐隆之未息。

懷王雖返，秦罪未足以懲，則怒不容於中止。

懲蓐收之善淫兮，霽九嵕之晻靄。滌三危之宿曀兮，憩崆峒而息轡。

蓐收，西方神。九嵕山在武功，三危在肅州，崆峒在固原，秦極西境也。秦人積怨於天下，如秋霖之害良稼。誅其君，弔其民，息天下之禍，如滌陰翳而覩青天，訖於西極而後已。

容成嫕以徠下兮，喑余勞之已艾。

容成，崆峒之仙者。設爲相勸之辭，言用兵之已勤。

曰浮雲不可爲期兮，白日中其易傾。龍蚪蟆其且蟄兮，①鳳翩翻而不寧。排霄路之繽紛兮，又安得夫玉山之嘉穎。

穎，禾穗也。或以勝不可久恃，欲罷兵而退保成功，廓清大定，惟天所授，而不可遽望相爲勸止，蓋亦物論之有然者。而積憤初申，固難自抑，如下文所云。

①螑，許救切。虯螑，龍伸頸低昂貌。

余填膺而申荅兮，懷萬年而一逞。鸞族鳳以孿生兮，①梟屢攫而永惎。指昊天以奮飛兮，懼日月之我遲。

己與楚爲同姓之親臣，秦人之怨，辱及宗祧，特憾日月之不速，豈患虔劉之已過哉？

①孿，音戀，雙子[二]。

輕蹇產之雲逵兮，憤閈關之梁輈。鶩飈風而凌浮燄兮，夫何倒景之足憂？

志苟能遂，何謀遠之恐不逮，而功高之足危哉？憤之已深，籌之已夙，故其靜念而若將爲之者如此。

蕩憤

楚之勢不兩立者，秦也。百相欺、百相奪者，秦也。懷王客死，不共戴天者，秦也。屈子初合齊以圖秦，爲張儀、靳尚所阻，憤不得申。放竄之餘，念大讎之未復，夙志之不舒，西望秦關，與爭一旦之命，豈須臾忘哉？事雖没世不成，而靜夜思之，炯然不昧。若蹀血咸陽，飲馬涇渭，無難旦夕必爲者，聊爲達其志，以蕩其憤焉。

獻歲發春兮，荃茸茸其始稚。抽盈盈之微榮兮，孰飄風之可試？

頃襄沖弱嗣立，國家多難。念其孤昧，可爲寒心。

皇天不仁兮，白日滰而西頹。夕月孤清兮，怛浮雲之羣飛。

懷王西客咸陽而不返，國無生氣，小人復羣聚於嗣君之側，必欲擁孤月而蔽之。

邅縈縈其駘蕩兮，脈亭亭其誰訴？美人豈其無儔兮？介良媒而屢誤。

國勢孤危，無有憂恤之者。夫豈無人之可任哉？所求非賢，則舍西施而聘嫫母矣。

蕙託荃以同畦兮，葯與稾之相連。戒秋霜之凜冽兮，誓嘉會於百年。

唯己與君恩屬一本，榮枯與共，故切危亡之憂，而思保國以長存。

鴟鴞鴟戾於陰雨兮，吟公旦於東國。五子悲謳於雒汭兮，怊有求而弗獲。①或流哀而必動兮，或皇皇而弗庸。余雅不謀夫判合兮，維靈修之夢夢。②

周公作鴟鴞，而成王悔悟。五子歌雒汭，而太康終迷。然則忠言不用，國必危亡，余豈以用舍爲憂？君不悟而無救正之者，是足傷也。

① 怊，鴟昭切，悵恨也。
② 夢，平聲。

夙密邇於蘭皋兮，旦搴芳而夕進。回曼睩其猶熒兮，矧千里之迷津？

當懷王之世，日在君側，忠言日告，且熒眩於邪佞，今遠竄千里之外，君孤迷于上，更孰與詔之？

飄女桑之季葉兮，哀弱喪之便娟。下臨澔汗之無地兮，上黯黮而無天。怵不可以終夕兮，吾將奚望以久延？

季，稚也。沖人孤立，盈廷昏昧。念其惝恍無託，阽危無輔之慘，終不足以圖存，而亦奚以生爲也？

悼子

悼君側之無人也。雖被遷竄，而所隱省者惟君。七諫以下忿懷才不試而詆君者，固不足以知屈子之心矣。若奪禄位，罹厄窮，而悻悻自沈於淵，則豈非好勇疾貧之亂人哉？

承榮光於有緒兮，卬玄鬢而善容。徼娬媚其無與仇兮，違嫭忌而始工。

身爲世胄宗臣，且内美修能之可表見，若持禄容身，豈患不得君而顯？奚必與人競是非以希得志乎？

亮兹情之莫蔽兮，素與黝其不相淩。荃同芳其猶迷兮，又奚況夫背憎？

君子不待排小人而始顯，此皎然易知者，如黑能污白，白不妨黑。乃懷王既知任己，終且見疑，則背憎之姦疑忌而攻擊之，抑且如之何也？

葯與葹之争熒兮，輅棧車之相觸。玉抵砥其必毁兮，熠燿固揜乎華燭。捐盛年之煌扈兮，殉奄息於既耄。辱干將以剸石兮，①夫唯靈修之悼也。

熠燿，鬼火燐也。煌扈，壯盛貌。奄息，奄奄之息。君子固不屑與小人争，争必爲小人所傷。夫豈不知遠引以避其毒哉？大謀不定，君且身危國削，悼君之陷溺，故辱玉以抵砥，知禍及而不避。

①剕，音弗。

少師鍼而隨延兮，惘皇天之不遄怒。箕子狂而辛殄兮，悽行歌以何補？

能早殄姦人，則楚尚可延，故不惜與競而受禍。如其不然，徉狂以免咎，雖他日哀歌麥秀，亦無救於滅亡；則愛身全道之説，固非心所安也。

企漢東而眕申息兮，①鼯狌晝啼於叢薄。高臺夷以成蹊兮，僭不滿朝鞫人之谿壑。羌自際而庸違兮，審僨踣之必諶。

日蹙百里，故邑丘墟，姦佞之欲，尚不知厭，自亡自毀，知其必然矣。

①眕，音軫，目所止也。

已矣夫，方將之不可念兮，聊息乎長夜之曾陰！

旋踵之覆敗，不堪回念。唯決從彭咸，赴江流，俾不見聞已爾。

懲悔

君心邪正之分，社稷存亡之介，雖不屑與匪人爭，而觸權姦以死，無所悔也。

洞庭之南兮，湘流㶁㶁。①危岑㕒㕒兮，②青冥無極。悲風颯兮楓林幽，夕雨亘兮秋草積。

沅湘之南，山川景物之慘淡有如此者。幽魂往來於其間，益增悽愴。

① 㶁，古伯切。
② 㕒㕒，音追彝。

敞蒼天之穹窿兮，魂渺渺其誰寄？引萬年於無終兮，羃四表而焉至？

沈湘之後，神無所棲，能無飄散無歸之怨乎？

日長逝而不留兮，固蕩散其匪今。就沆瀣於窮北兮，邀歸雲而復南。神與魄之不相守兮，光與容違。僅耿耿之若存兮，疇昔相知。

雖當未死之日，而憂國怨深，忘生志定，神去魄，而心目之光不著於形體久矣。唯此耿耿若存之心，不隨消散，則沈湘以後神魂飄忽於往來，心知其亦如此而已。

營飄飄其莫羈兮，精渮弱其不固。①憒連蜷以輪囷兮，恐傷余之雅度。

營，魂也，老子曰「載營魄」。家國之怨，鬱而不散，將爲白虹，將爲青珥，而素心淡漠，不欲其然，則亦從容闡緩於兩閒耳。

①滒，音戈。

白日夕沈兮，星漢高寒。誰誒余兮？神導余以漫漫。言不可理兮，心不可將。朧朧其若有明兮，指郢路之蒼茫。遼戾滉瀁兮，蕩斥八埏。誰與旋歸兮？娱美人之暮年。

清宵寒夜，耿耿若存者，既離物孤遊，唯不昧之忠忱，猶依宗國。念己長辭君所，則誰爲閔亂憂傾，輔君於式微者？死而不忘者此爾。

剸志今夕兮，逝無與還。鬱勃欻以憤興兮，遺孤頴之流連。

決志一死，無所復待。遺此孤忠，長依君側。君雖莫我能知，而矢志於泉壤者固然，此屈子之所以爲屈子也與！

遺愍

此絶命之遺音也。自言既死以後，其神爽有如此者，故安死自靖，怨誹而不傷。

【校勘記】

[一] 沓，原作「杳」，據正文改。

[二] 「雙子」二字原無，據康熙本補。

附録

楚辭通釋序跋著録

清康熙四十八年刊本序

清　張仕可

楚三閭大夫屈志沈湘，遺文賁楚。騷經寫百折之孤忠，天問詰千秋之疑理，神以思通，作歌而侑，仙如可接，託賦斯游。鬼不能謀，詹尹之陳蓍漫託；人無同志，漁父之鼓枻忘言。是其回風之悲，於誰蕩憤；而往日之惜，究於懷沙者也。從游若宋景二子，瑰詞僅託招魂；隔代有王劉諸賢，呻吟要爲無病。船山王先生，曠世同情，深山嗣響，賡著九昭，以旌幽志；更爲通釋，用達微言。攻堅透曲，刮璞通珠，嘯谷凌虛，摶風揭日。蓋才與性俱全於天，故古視今，藉論其世。余薄宦三湘，於兹六載。值紳衿有鄉祀之請，僉云等身書昔所未有。訪嗣子，録遺稿以呈，對曰：「先人志文其在兹。」燈下細繙，呼兒朗誦。井底不終沈，痛飲連浮數白；曲終如可見，望湘遥對峰青。屬爲弁言，珍之行弆。鎮江張仕可惕存[一]題，時今上[二]康熙四十六年季秋月下澣。（湖南省社會科學院圖書館藏康熙本楚辭通釋卷首）

刊楚辭南華附識

清 丁光祺

自陶彭澤有讀書不求甚解之説，而高明之士俱以略觀大意爲主，其精義之託于微言，湮没者多矣。四子書，得考亭傳注而始明，蓋無字無義不與聖賢相符合，而旨歸乃定。然未有以考亭傳注之法釋騷賦者也，更未有以考亭傳注之法釋子書者也。説者曰：「古人之妙在不用解，當以不解解之。」嗟乎！不解也，而解乎哉？

祺少依庭訓，稍長，隨師習應世業，而志苦未酬。區區有懷，願見天下之偉人，講求不解之書，以闡性靈，念未嘗旦夕忘也。吾鄉船山王先生著述充棟，所居艸堂，在漣、邵之界，去郡百餘里，蓋見者罕焉。先生没後之十餘年，余與嗣君虎翁爲兒女姻，乃稍稍得窺其遺編。先生之書，以羽翼六經、發明四先生之奥爲主，而游心詞賦，旁及子史，又先生之緒餘也。祺少喜讀莊、騷二書，苦不能解；近頗見有解此二書者，文義牽合附會，更不愜于心。得先生所著楚詞通釋及手解莊子本，如獲導引，以游武義、天台，心醉神怡，莫名其勝。乙酉秋，豚子元禎應試鄂州，得謁太史宜興潘公，值公爲先生作傳，手把楚辭釋本不置也。因與家弟錫極、姻友王于嗣禹維昆仲約，剞劂騷本，以傳海内。而南華手本，囑虎翁詳加補注，載謀之同志，期以相繼而成書。

嗟乎！讀先生之書者，解先生之所解，則解古人之所不自解矣。然先生之所已解者，其有待耶？其無待耶？先生之學，豈僅託于詞賦、子書者耶？慕先生之書，窺先生之奥，有繼此而傳二酉之藏者乎？竊更以望之解人。湘洲後學丁光祺謹識。時今上康熙四十七年菊月重九。（湖南省社會科學院圖書館藏康熙本楚辭通釋第二册卷首）

康熙四十八年本跋

清　王揚緒　王揚績

歲戊子，緒兄弟倦憇湘皋，時屈子賽神之月也。蘭蕙飄香，若椒接馥，古人可作，髣髴光儀。姻友丁子吉士過余於寓舍，袖中攜一編，乃吾鄉船山先生所釋楚辭也。讀竟，吉士語緒兄弟曰：「昔人讀離騷，有痛飲而讀者，有擊楫中流而讀者。是編也，攄忠孝之正氣，極文心之變化，我輩當正衿危坐而讀之。屈子所著二十五篇，宋、景互相揚榷，益之以賈長沙、醴陵，而東方朔、楊、劉、嚴夫子、王叔師所著俱汰之而不録。此皆先生特出手眼，盱衡今古，俯仰盡致，澡雪不磨者也。慨自三閭沈湘，而後辨者、招者、吊者、惜者、哀者、歎者、懷者、注者、譜者，不一其人，而旨藴未悉。最後紫陽因趙丞相之没，爲注楚辭以寄意，用傳三百篇之法，然亦略而未詳，故與王叔師、洪興祖舊本並行于世，而後之别爲解者仍踵相承焉。今者先生通釋本出，是靈均千載而下特遇一知音也。其爲絶世獨立之士同，其爲風雅擅代之才同，其爲忠孝昭揭之神將無同？」吉士因與緒兄弟相約，共任剞劂之費，屬嗣君虎翁詳加校補。書有成局，而吉士忽以疾捐館。緒兄弟因與丁錫極少微竹林力贊厥成，十閲月而書竣。嗟乎！「曲終人不見，江上數峰青。」作者難其人，解者難其人，即傳之其人亦難其人也。書行于世，識者尚鑒而珍之。時今上康熙四十八年己丑歲孟秋月哉生明，同里後學王揚緒王揚績同識。（湖南省社會科學院圖書館藏康熙本楚辭通釋後附）

書王薑齋九招後

清 儲大文

西江論文者曰：「爵禄不能誘，刑罰不能懼。」此至言也。必規規焉舉格律而肖之，此豈復有文乎？而況離騷乎？漢人以下擬騷者，非騷也。子山之賦、太白之遠别離、子美之秋興、義山之無題詩，以及韓致堯、徐鼎臣、元裕之諸咏，是真騷也。不寧惟是，雖李重光、辛稼軒樂府亦騷也。而志與時符者，尤莫若臯羽之記、所南之史，蓋騷於是備矣。世之人，不以騷之真者爲騷，而以似騷而非騷者爲騷，此騷之所以亡。而予讀薑齋先生九招之書，輒爲累欷流涕者也。爰識數語，授先生之嗣虎止三兄[三]，以[四]附簡末，令後世傷心者覽之，尚獲神解。荊南儲大文六雅氏。（湖南省社會科學院圖書館藏康熙本楚辭通釋後附）

史記屈原列傳

屈原者，名平，楚之同姓也。爲楚懷王左徒，博聞彊志，明於治亂，嫺於辭令。入則與王圖議國事，以出號令；出則接遇賓客，應對諸侯。王甚任之。

上官大夫與之同列，爭寵而心害其能。懷王使屈原造爲憲令，屈平屬草藁未定，上官大夫見而欲奪之，屈平不與，因讒之曰：「王使屈平爲令，衆莫不知，每一令出，平伐其功，曰以爲『非我莫能爲』也。」王怒而疏屈平。

屈平疾王聽之不聰也，讒諂之蔽明也，邪曲之害公也，方正之不容也，故憂愁幽思而作離騷。離騷者，猶離憂也。夫天者，人之始也；父母者，人之本也。人窮則反本，故勞苦倦極，未嘗不呼天也；疾痛慘怛，未嘗不呼父母也。屈平正道直行，竭忠盡智以事其君，讒人間之，可謂窮矣；信而見疑，忠而被謗，能無怨乎？屈平之作離騷，蓋自怨生也。國風好色而不淫，小雅怨誹而不亂，若離騷者，可謂兼之矣。上稱帝嚳，下道齊桓，中述湯武，以刺世事，明道德之廣崇、治亂之條貫，靡不畢見。其文約，其辭微，其志絜，其行廉，其稱文小而其指極大，舉類邇而見義遠。其志絜，故其稱物芳；其行廉，故死而不容。自疏濯淖汙泥之中，蟬蛻於濁穢，以浮游塵埃之外，不獲世之滋垢，皭然泥而不滓者也。推此志也，雖與日月爭光可也。

屈平既絀，其後秦欲伐齊，齊與楚從親，惠王患之，乃令張儀詳去秦，厚幣委質事楚，曰：「秦甚憎齊，齊與楚從親，楚誠能絕齊，秦願獻商於之地六百里。」楚懷王貪而信張儀，遂絕齊，使使如秦受地。張儀詐之曰：「儀與王約六里，不聞六百里。」楚使怒，去，歸告懷王。懷王怒，大興師伐秦。秦發兵擊之，大破楚師於丹、淅，斬首八萬，虜楚將屈匄，遂取楚之漢中地。懷王乃悉發國中兵，以深入擊秦，戰於藍田。魏聞之，襲楚至鄧。楚兵懼，自秦歸。而齊竟怒不救楚，楚大困。

明年，秦割漢中地與楚以和。楚王曰：「不願得地，願得張儀而甘心焉。」張儀聞，乃曰：「以一儀而當漢中地，臣請往如楚。」如楚，又因厚幣用事者臣靳尚，而設詭辯於懷王之寵姬鄭袖。懷王竟聽鄭袖，復釋去張儀。是時，屈平既疏，不復在位，使於齊。顧反，諫懷王曰：「何不殺張儀？」懷王悔，追張儀，不及。

其後諸侯共擊楚，大破之，殺其將唐眛。

時秦昭王與楚婚，欲與懷王會。懷王欲行。屈平曰：「秦虎狼之國，不可信，不如無行。」懷王稚子子蘭勸王行：「奈何絶秦歡！」懷王卒行。入武關，秦伏兵絶其後，因留懷王，以求割地。懷王怒，不聽，亡走趙，趙不内，復之秦，竟死於秦而歸葬。

長子頃襄王立，以其弟子蘭爲令尹。楚人既咎子蘭以勸懷王入秦而不反也。屈平既嫉之，雖放流，睠顧楚國，繫心懷王，不忘欲反，冀幸君之一悟、俗之一改也。其存君興國而欲反覆之，一篇之中三致志焉。然終無可奈何，故不可以反，卒以此見懷王之終不悟也。人君無愚智、賢不肖，莫不欲求忠以自爲，舉賢以自佐；然亡國破家相隨屬，而聖君治國累世而不見者，其所謂忠者不忠、而所謂賢者不賢也。懷王以不知忠臣之分，故内惑於鄭袖，外欺於張儀，疏屈平而信上官大夫、令尹子蘭，兵挫地削，亡其六郡，身客死於秦，爲天下笑，此不知人之禍也。易曰：「井渫不食，爲我心惻，可以汲。王明，並受其福。」王之不明，豈足福哉？

令尹子蘭聞之大怒，卒使上官大夫短屈原於頃襄王，頃襄王怒而遷之。

屈原至於江濱，被髪行吟澤畔，顔色憔悴，形容枯槁。漁父見而問之曰：「子非三閭大夫歟？何故而至此？」屈原曰：「舉世混濁而我獨清，衆人皆醉而我獨醒，是以見放。」漁父曰：「夫聖人者，不凝滯於物，而能與世推移。舉世混濁，何不隨其流而揚其波？衆人皆醉，何不餔其糟而啜其釃？何故懷瑾握瑜而自令見放爲？」屈原曰：「吾聞之，新沐者必彈冠，新浴者必振衣。人又誰能以身之察察，受物之汶汶者乎？寧赴常流而葬乎江魚腹中耳，又安能以皓皓之白而蒙世之温蠖乎？」乃作懷沙之賦，其辭曰：「陶陶孟夏兮，草木莽莽。傷懷永哀兮，汩徂南土。眴兮窈窈，孔静幽墨。冤結紆軫兮，離愍之長鞠。撫情效志兮，俛詘以自抑。刓方以爲圜兮，常度未替。易初本由兮，君子所鄙。章畫職墨兮，前度未改。内直質重兮，大人所盛。巧匠不斵兮，孰察其揆正？玄文幽處兮，矇謂之不章。離婁微睇兮，瞽以爲無明。變白而爲黑兮，倒上以爲下。鳳皇在笯兮，雞雉翔舞。同糅玉石兮，一槩而相量。夫黨人之鄙妒兮，羌不知吾所臧。任重載盛兮，陷滯而不濟。懷瑾握瑜兮，窮不得余所示。邑犬羣吠兮，吠所怪也；誹駿疑桀兮，固庸態也。文質疏内兮，衆不知吾之異采。材樸委積兮，莫知余之所有。重仁襲義兮，謹厚以爲豐。重華不可牾兮，孰知余之從容？古固有不竝兮，豈知其故也？湯禹久遠兮，邈不可慕也。懲違改忿兮，抑心而自彊。離湣而不遷兮，願志之有象。進路北次兮，日昧昧其將暮。含憂虞哀兮，限之以大故。亂曰：浩浩沅湘兮，分流汨兮。修路幽拂兮，道遠忽兮。曾唫恒悲兮，永歎慨兮。世既莫吾知兮，人心不可謂兮。懷情抱質兮，獨無匹兮。伯樂既歿兮，驥將焉程兮？人生有命兮，各有所錯兮。定心廣志，余何畏懼兮？曾傷爰哀，永歎喟兮。世溷不吾知，心不可謂兮。知死不可讓兮，願勿愛兮。明以告君子兮，吾將以爲類兮。」於是懷石遂自投汨羅以死。

屈原既死之後，楚有宋玉、唐勒、景差之徒者，皆好辭而以賦見稱；然皆祖屈原之從容辭令，終莫敢直諫。其後楚日以削，數十年竟爲秦所滅。

自屈原沈汨羅後百有餘年，漢有賈生，爲長沙王太傅，過湘水，投書以弔屈原。

太史公曰：[五]「余讀離騷、天問、招魂、哀郢，悲其志；適長沙，觀屈原所自沈淵，未嘗不垂涕，想見其爲人。及見賈生弔之，又怪屈原以彼其才，游諸侯，何國不容？而自令若是。讀服鳥賦，同死生，輕去就，又爽然自失矣。」

【校勘記】

[一]「惕存」二字原無，據道光本補。

[二]「今上」二字，道光本無。

[三]「三兄」二字，存硯樓二集卷十八無。

[四]以，存硯樓二集卷十八作「俾」。
[五]原書前所載無讚語，今據史記補。

楚辭通釋版本著録

販書偶記　清　孫殿起

楚辭通釋，無卷數。南嶽王夫之撰。道光二十八年桂東郭孔嵐補刊。

八千卷樓書目　清　丁丙

楚辭通釋，十四卷。國朝王夫之撰。船山遺書本。

楚辭書目提要·第一·輯注類　姜亮夫

楚辭通釋十四卷

清王夫之撰。

夫之字而農，號薑齋，衡陽人。明崇禎舉人。瞿式耜薦于桂王，授行人。尋歸,居衡陽石船山,築土室于觀生居,杜門著書。吳三桂僭號于衡,夫之逃入深山。未幾卒。其論學以漢儒爲門户,宋儒爲堂堂,尤契張載正蒙之説。所著船山全集,凡三百四十二卷。學者稱船山先生(一六一九—一六九二)。碑傳集五百三十,清史列傳六十六,清史稿卷四百八十七皆有傳。

按本書共爲十四卷,前七卷爲屈原作品二十五篇全部。卷八以後,分輯宋玉九辯,景差大招,賈生惜誓,淮南小山招隱士,江文通愛遠山、山中楚辭等篇,卷末附己作九昭。删去王逸本七諫以下五篇。共爲四十四篇。每篇分段爲釋。遠游則採方士鉛汞之説。其選注大義,序例言之詳矣。(以首兩則爲最要。)

【著録】

清續通考:王夫之楚辭通釋十四卷。

【板本】

清道光二十八年戊申桂東郭孔嵐刊本。

見孫殿起販書偶記,云「無卷數」。

清同治四年乙丑金陵續刊船山遺書本。

民國影印船山遺書本。

余自藏楚辭通釋三册，十四卷，末附一卷。扉頁篆「楚辭通釋十四卷」七大字。後識「同治四年湘鄉曾氏刊于金陵節署」。蓋船山遺書之零種也。繼以張仕可序、史記屈原列傳。後爲王氏自撰序例六則，及楚辭通釋目録，其目共四十四篇。其下即通釋本文，首頁首行題「楚辭通釋卷一」，小注「評語並載」，下題「船山遺書四十五」，次行低三格題「衡陽王夫之撰」，又次行低一格題「離騷經」，次行起通釋正文，後以離騷正文，分段立釋，有時在正文夾縫中加小字旁注，所謂「評語並載」也。離騷以下各篇皆同。本書每半頁十行，二十二字。釋文低一格，每行二十一字。正文下偶注音義，及引他本校文字異同，亦用雙行小字。

其釋以九歌之禮魂爲送神之曲，前十祀之所通用；九辯之辯，爲編，一闋謂之一編。皆具別解。然遠游采方士鉛汞之説，學者稍稍病之。

民國二十二年上海太平洋書店排印本。

一九五九年一月中華書局排印本。

【序跋】

夫之自撰序例曰。（略）

張仕可字惕存，鎮江人。序曰。（略）

郭在貽

楚辭要籍述評・楚辭通釋

楚辭通釋十四卷，明末清初著名學者王夫之撰。夫之（一六一九—一六九二）字而農，號薑齋，湖南衡陽人。因隱居衡陽石船山，世稱船山先生。他在明清之際，與顧炎武、黃宗羲並以氣節、學問見稱，所著船山全集，凡三百二十四卷。（碑傳集五三〇、清史列傳六六、清史稿卷四八七皆有傳）楚辭通釋依王逸楚辭章句而删去七諫以下五篇，加入江淹的山中楚辭四篇、愛遠山一篇並自作九昭一篇，共爲四十四篇，各爲分段立釋。

明清之際，注楚辭者甚多，大都借注釋屈原賦，寄託其故國之思。此類著述中，楚辭通釋最負盛名。王氏自序其九昭説：「有明王夫之，生於屈子之鄉，而遘閔戢志，有過於屈者。」可謂慨乎言之。通觀全書，借注釋屈賦以闡發治亂之道、抒泄國家之情者，不一而足。如天問「帝降夷羿」一段，王氏借寒浞殺后羿事説：「蓋無道必滅，虐民縱慾，雖有強力，不足憑也。」又注離騷「忽反顧以游目」以下八句道：「忠貞之士，處無可如何之世，置心澹定，以隱伏自處。而一念忽從中起，思古悲今，孤憤不能自已。」可謂感慨係之。又該書不僅長於探賾文心，燭照微旨，其注語也頗富文采，絶無注疏家飣餖故實、質多文少之柄。如釋九辯「悲哉秋之爲氣也」句：「草枯木脱，變蒼翠爲萎黄；登山臨水，見其辭枝而孤飛，隨風飄墜。若臨歧送遠，行者邁而居者獨也。」注與詩相映發，聲情並茂，燦然可觀。至於考據方面，則以考釋哀郢時地最爲學者稱道。又謂九歌禮魂是「送神之曲」，「乃前十祀之所通用」，於舊説外，卓然成一家言。但王氏於字義訓詁方面，猶不脱明人弇陋之病，如釋卜居中「突梯」一詞，説「犬竇曰突。從突而入，緣梯而登，鑽穴逾墻之謂」，純屬望文生訓。又如釋橘頌「蘇世獨立」一句，謂「蘇，草也。言生於荏草之中，而貞幹獨立，不隨草靡」。增字爲釋，迂曲已甚。今人于省吾謂：「王氏通釋雖號稱名著，但疏於文字、聲韻、訓詁之學。」（澤螺居楚辭新注〔二〕序言）可謂的評。但小疵不掩大醇，這些固無損其在楚辭學上的卓越地位。

楚辭書目五種續編　第一部　楚辭書目提要·第一·輯注類

崔富章

楚辭通釋不分卷

清王夫之撰。

【版本】

清康熙四十八年刻本。

湖南省圖書館藏本，二册。首康熙四十八年王揚緒序。有總目録：離騷經、九歌、天問、九章、遠游、卜居、漁父、九辯、招魂、大招、惜誓、招隱士、山中楚辭、愛遠山、九昭，不標卷次。末有康熙四十八年王揚緒跋，稱：「因與緒兄弟相約，共任剞劂之費，屬嗣君虎翁詳加校補。書有成局，而吉士忽以疾捐館。緒兄弟因與丁錫極少微竹林力贊厥成，十閲月而書竣。」此書係船山後人捐贈，確爲康熙原刊本。每半葉八行，行二十二字，白口，四周單邊。

清道光二十二年裔孫王世全刊船山遺書本。

湖南省哲學社會科學研究所藏本，二册。新化鄒叔績司其役，咸豐四年版毁於火。

清同治四年曾國藩增輯重刻船山遺書本（第四十五種）。

浙江圖書館藏本，四册。扉頁鐫「楚辭通釋十四卷」（篆），背面有「同治四年湘鄉曾氏刊於金陵節署」。首王夫之序例（末署「歲在乙丑」，則康熙二十四年也）。次目録：離騷經、九歌、天問、九章、遠游、卜居、漁父各一卷，九辯、招魂、大招、惜誓、招隱士、山中楚辭、愛遠山各一卷，計十四卷。卷末九昭一卷。卷端題「楚辭通釋卷一（評語並載）　船山遺書四十五」，次行署「衡陽王夫之譔」，三行「離騷經」，四行起先王逸小序，次雙行小注，次大段按語，次入正文。每半葉十行，行二十二字。上下粗黑口，對魚尾。左右雙邊。

民國間影印同治船山遺書本。

民國二十二年上海太平洋書店續增排印船山遺書本。

浙江圖書館藏本，二册。扉頁印「楚辭通釋」，背面印「船山遺書集部　中華民國二十二年十二月　上海太平洋書店重校刊　瀏陽李英侯總勘　瀏陽張告吾平江李藴平輯校」。首史記屈原列傳，次康熙四十六年張仕可序，次王夫之序例，次目録十四卷末一卷。卷端題「楚辭通釋卷一（評語並載）」，次行署「衡陽王夫之譔」。每半葉十三行，行三十一字。上下細黑口，單魚尾，下口有「太平洋書店印行」字樣，四周單邊。

一九五九年一月中華書局上海編輯所排印本（底本爲同治刊船山遺書本）。

一九七五年上海人民出版社重印中華書局本。首出版説明，次張仕可序，次王夫之序例，次目録。卷端題「楚辭通釋卷一　評語並載　衡陽王夫之譔」。每面十四行，行四十二字。

一九七二年臺北宏業書局印本，一册。

一九七九年臺北廣文書局印本，一册。

【校勘記】

[一]注，于省吾書名作「證」字。

圖書在版編目(CIP)數據

楚辭通释 /（清）王夫之撰；楊新勛點校. —上海：上海古籍出版社，2018. 12
（楚辭要籍叢刊）
ISBN 978-7-5325-9045-2

Ⅰ. ①楚… Ⅱ. ①王… ②楊… Ⅲ. ①楚辭—注釋 Ⅳ. ①I222. 3

中國版本圖書館 CIP 數據核字(2018)第 276351 號

楚辭要籍叢刊

楚辭通釋

［清］王夫之 撰

楊新勛 點校

上海古籍出版社出版發行

（上海瑞金二路 272 號 郵政編碼 200020）

（1）網址：www. guji. com. cn

（2）E-mail：guji1@guji. com. cn

（3）易文網網址：www. ewen. co

上海展强印刷有限公司印刷

開本 850×1168 1/32 印張 11. 375 插頁 4 字數 189,000

2018 年 12 月第 1 版 2018 年 12 月第 1 次印刷

印數：1—3,100

ISBN 978-7-5325-9045-2

I·3340 定價：45. 00 元